脳科学捜査官　真田夏希

ドラスティック・イエロー

角川文庫
21999

目次

第一章　ヨコハマ港ナイトクルーズ

【1】＠二〇一九年十二月十四日（土）

メインラウンジの喧騒《けんそう》に疲れた夏希《なつき》は一人、バウデッキに出ていた。

潮の香りを乗せた風が真田《さなだ》夏希の頰に当たっている。

ひりりとする冷たい刺激が、シャンパーニュの火照りを冷ましてくれる。

主塔の上部をブルーに染めたベイブリッジがゆっくりと頭の上を通り過ぎていった。

左舷《さげん》遠くに、みなとみらいの光の森が蜃気楼《しんきろう》のように輝いている。

強力な灯油ヒーターが三台稼働していて、八畳ほどのデッキは温風に包まれている。

ティールグリーンのフォーマルワンピースだけでも過ごせそうだった。さらにウールのショールを羽織っていたので夏希は寒さを感ずることはなかった。

舳先《へさき》が波を切る音と機関のうなりが、ヒーターのファンの音の隙間からかすかに響いていた。

右手に持ったフルートグラスのなかで黄金色の泡が弾《はじ》けている。

「横浜《よこはま》ベイ・エグゼクティブ・クルージングか……」

パーティーの名前からして警戒すべきだった。

以前に勤めていた総合病院の同僚だった内科医の優香里《ゆかり》に誘われて、夏希はセレブな男女だけを対象とする婚活パーティーに参加していた。

このパーティーには収入や学歴などに大きな制限があり、書類審査を経て参加を認められるというものだった。とくに男性には厳格な審査があると優香里は言っていた。

興味があったわけではないが、優香里のつよい誘いでなんとなく申し込んだ。女性は五千円という参加費なので、横浜港の夜景でも楽しもうと思っただけだった。九十フィートのメガ・クルーザーに乗れるチャンスなどは滅多にない。

幸せホルモンと俗称されるオキシトシンの減少を、ここ数年の夏希は実感していた。この神経伝達物質分泌が不足すると、イライラしたり、不安や抑うつを感じやすくなったりする。オキシトシンが、恋人同士のスキンシップや、心地のよい性行為では顕著に分泌されることは科学的に実証されている。脳科学の見地からも人間は一人でいられない動物なのである。

ただ一人の相手を求めて、三十三歳になった夏希は相変わらず婚活を続けていた。

ぷかり桟橋に係留されて出航を待っていた《オーシャン・ミンクス》の白く輝く優美

な船体を見たときには胸が弾んだ。白い船員服の船長とパーサーが出迎えるなかで足を踏み入れたラウンジも、磨き上げられたウォルナットの豪華な雰囲気が素敵だった。きらびやかに着飾った男女それぞれ四十名ほどの参加者だったが、パーティーが始まってすぐに夏希は後悔した。

ここに集まった医師、弁護士、会社経営者らは、まず自分のステータスを誇りたいという意欲に満ちあふれていた。

学歴や社会的地位と、住居や別荘、クルマやプレジャーボートなど、所有アイテムの自慢話を素直に驚いて聞いていられるほど、夏希はウブでもなかった。

もっと熱の籠《こ》もった趣味の話を聞きたかったし、本当の意味で持ち物への愛が知りたかった。

女性たちはそれなりに引き込まれて聞いているようだったが、将来を託す相手としての品定めをしているからにほかならなかった。

ムーディーなピアノトリオが流れるメインラウンジは、十日後に迫ったクリスマスイブのデート相手を決めたいと考えている参加者で熱い盛り上がりを見せていた。

きっと優香里は一人で参加することに臆《おく》していたから、夏希を誘っただけなのだ。いまはラウンジで男たちに囲まれて上機嫌で飲んでいる。

お愛想を言って話しかけてくる男たちと、空虚で上滑りする会話を続けていて、夏希は疲れてしまった。

息が詰まるような錯覚に襲われて外へ出た夏希にとって、海風は心を軽くするものだった。

「織田《おだ》さんと食事にでも行ったほうがよかったな……」

あの後、織田とは何度か食事に行ったが、お互いになかなか歩み寄れずにいた。

仲のよい友だちから、一歩も踏み出さずにいたほうが心地よい時間を保ち続けられた。

この心地よさがくせものなのだ。

男と女が本気でわかり合うためには、時に臓腑《ぞうふ》をさらけ出して傷つけ合うことが避けられないはずなのだ。精神医学を学んだ夏希はもちろんそのことを知っている。

だが結局、二人の間でヤマアラシのジレンマは少しも解消できていなかった。

夜空を切り裂くようにそびえ立つランドマークタワーが少しずつ存在感を増してきた。

「光り輝くバベルの塔みたいだな……」

みなとみらいのシンボルを、ぼんやりと眺めながら、夏希は言葉とは裏腹なことを考えていた。

「ランドマークタワーって大きな振り子を隠し持っているんですよ」

よく通る声に驚いて振り向くと、四十前くらいの男がほほえみを浮かべて立っている。

「失礼。僕は脇坂《わきさか》といいます」

男は胸ポケットに付けたＩＤカードを指さしながら名乗った。

パーティー開始前に配られたカードには脇坂安希斗《あきと》とゴシック文字で記されている。

「真田です」

夏希もワンピースの共布のベルトにIDカードを付けていたが、自分のカードを指さしはしなかった。

「真田さんですね。はじめまして」

脇坂は口もとに鮮やかな笑みを浮かべた。

色白の面長で鼻が高い。いくぶん切れ長の両眼は理知的な輝きを感じさせた。

ファッションセンスも悪くない。ダークなスリーピースのダブルジレが効いていた。シルバーのピンストライプのドレスシャツに、ゴールドを基調とした細かいペイズリー柄の織りネクタイが似合っている。

黒いタキシード一色の男性参加者のなかにあって、ひときわ目立つ装いだった。

どこかにやけた感じが夏希の好みではなかったが……。

ちょっとルーズなミドルロングの髪はそんなに堅い仕事ではなさそうだ。

「ランドマークタワーの最上階には、縦横九メートル高さ五メートルの制振装置が二基あり、中には振動体と呼ばれる振り子がついています。その振り子は百七十トンもあるんですよ」

脇坂は夏希の関心を引くように抑揚を付けて言葉を発した。

「そんなに大きな振り子を何のために付けているのですか」

興味を引かれて夏希は訊《き》いた。

「本来は強風による揺れを防ぐためのものでしたが、いまはもうひとつの機能を担っています」

「地震対策でしょうか」

「さすがは優秀な方ですね」

おもねるように脇坂は笑った。

参加者は事務局に対して年齢や趣味などのほかに、正確な最終学歴や職業を申告させられていた。配られた名簿ではもっと簡単な形で、お互いのプロフィールを知ることができるような仕組みになっていた。

夏希は「筑波《つくば》大学大学院修了、地方公務員」とだけ書いておいた。医科学修士と神経科学博士の学位も警察官という職業も婚活には圧倒的に不利なのである。理不尽だと思うが、致し方ない現実であった。

脇坂は名簿を手にしてはいなかった。夏希のプロフィールを頭に入れて声を掛けてきたようだ。

院卒というだけで優秀と評されることに夏希はわずかに不快感を覚えた。そうした男性は少なくないが、同性の院卒者にも同じ言葉を投げかけるだろうか。これは一種のジェンダー差別なのではないかとも思う。

とはいえ、よくある話だった。脇坂をとくに責めるべきでもないので、夏希は当たり障りなく答えた。

「優秀なんてことはありません。ただ、揺れを抑える仕組みというお話なので……」

「遠くで起きた地震で高層ビルが揺れることを長周期地震動というのですが、この振動の対策のために、二〇〇九年に振り子の動きを制御するプログラムを見直して長周期地震動を抑制する効果も持たせるようにしたのです。揺れは半分になるそうです」

「遠くで起きた地震の影響ですか……」

「二〇〇三年に発生した十勝《とかちおき》沖地震では、震源から約二百五十キロメートルも離れた苫《とま》小牧《こまい》市内で石油タンク火災が発生しました。二〇〇四年の新潟県中越《ちゅうえつ》地震では、震源からおよそ二百キロも離れた六本木《ろっぽんぎ》ヒルズ森タワーでエレベータのワイヤが切れる事故がありました」

二百五十キロと言ったら、だいたい函館《はこだて》と札幌《さっぽろ》の距離だ。特急電車でもゆうに三時間半以上掛かる。

「そんなに遠くの地震で被害が出るんですか」

夏希にとっては驚きだった。

脇坂はしたり顔でうなずいた。

「言うまでもなく地震は巨大なエネルギーを持つので、思わぬ場所に予想もしない被害を与える災害なのです。で、これらの事故をきっかけに長周期地震動の研究が進みました。国土交通省も二〇一〇年に『超高層建築物等における長周期地震動への対策試案について』というのを発表して対策に乗り出したというわけです」

よどみのない調子で脇坂は答えた。

「脇坂さんは建築士さんなんですか」

「いえ、投資の仕事をしております」

脇坂は少し胸を張った。

夏希は意外の感に打たれた。建築士でないとしても、ビル関係のエンジニアあたりではないかと予想していたのだ。

「個人投資家さんなんですか。でも、どうしてビルの地震対策のことに、そんなにお詳しいんですか」

「長周期地震動対策プログラムを開発しているベンチャーの株でずいぶん利益を出させてもらったことがあるんですよ」

夏希にも得心がいった。

「いろいろなことを勉強しないといけないお仕事なんですね」

ビジネスの世界には疎い夏希だが、いまどんなことがトレンドなのかを次々にキャッチしなければならない職業が大変だということは理解できた。

「ま、勉強しない者は消えゆくしかない稼業ですね」

脇坂は得意げに鼻をうごめかした。

「そうなんでしょうね」

自分の才覚に自信を持っている男はいいものだと思う。だが、夏希にはなんとなくなじめない物言いだった。ジェントルだし、いったいこの男のどこに違和感を覚えるのだろうか。

「それから世の中のさまざまな情報に対する目配りと、チャンスを見抜く能力も不可欠です」

「どういうことですか」

「仮に大型台風が日本を襲うという予報が入った瞬間に、災害復旧関連企業の株を買う。それもゼネコンなどで誰でも買いそうな株ではなく、ほかの人間が目をつけないニッチな技術を持つ企業に目を付けるのです」

「どんな会社の株ですか？」

「たとえば、大阪に本社を持つある工具メーカーなんですが、錆《さ》びたりなめたりしたネジの頭を簡単に外せるプライヤーを作っています。この会社だけが持つ技術で、世界シェアは百パーセントなのです」

「台風被害で何かを片付けなければならないときに、ネジが外せなくて困る大勢の人がそのプライヤーを買うから、株価が上がるというわけですね」

脇坂は得たりとばかりにうなずいた。

「さすがご理解が早い。このような会社は、グローバルニッチトップ企業と呼ばれます。かつて大型台風のときにずいぶんと利益を上げさせてもらいました」

脇坂は得々として喋《しゃべ》り続けるが、夏希はあまり共感できなかった。

子どもっぽい感覚かもしれないが、台風で被害を受けた人々の不幸で儲《もう》けたことを、初対面の自分に自慢するのはどうかと思う。

夏希がさえない顔つきだったのか、脇坂は気を引くように笑みを浮かべて言葉を続けた。

「お美しい女性がお一人、デッキで海を眺めていらっしゃったので声を掛けてしまいました。今夜のパーティーは楽しめないごようすですね」

「こういうパーティーはあまり得意でないんです。今夜は友だちに誘われたのでなんとなく……」

夏希は言葉を濁した。

「お眼鏡にかなう男がいなかったというわけですね」

脇坂は口もとに笑みを浮かべて言った。

「なんだか、いろんな方とお話しするのにも疲れてしまったので、船が港に戻ったら、さっさと帰ろうと思っています」

これはまったくの本音だった。

「そんなもったいない」

脇坂は大仰に驚いて言葉を継いだ。

「あなたのようなお美しく優秀な方を、みすみすこのまま帰してしまうなんて、この船に乗っているほかの男たちはどういうつもりなんでしょうか」

答えに窮した夏希はあいまいな笑みを返すしかなかった。

視線をそらすと右手に細長い防波堤が延びていて、赤い灯台が明滅している。

赤い光が右舷《うげん》を通り過ぎてゆく。

「横浜北水堤《きたすいてい》灯台ですね。明治時代からこの場所で横浜港に入る船を導いています」

脇坂は夏希の視線の移動を素早く追いかけていた。

仕方なく夏希は脇坂の顔を見て答えた。

「そんなに古くからある灯台なんですね」

脇坂はかるくうなずくと、夏希の目をじっと見つめて誘った。

「船を下りたら、かるく一杯やりませんか。みなとみらいに夜景の素敵なバーがあるんでご案内したいんですが」

「あの……ごめんなさい。わたし、あんまり飲めないんです」

これは嘘だ。夏希はワインボトル半分くらいは日々飲んでいるし、今夜はまだグラス二杯目を干していなかった。

「では、お茶だけでも」

脇坂は執拗《しつよう》に食い下がった。

「いえ、明日《あした》、朝早いので残念ですが……」

夏希は適当な逃げ口上を言って小さく首を横に振った。

こんな誘いをあっさり断るようでは、何のために婚活をしているのかわからない。

ようやく夏希は気づいていた。脇坂の抜け目のない感じが好きになれなかったのだ。

「そうですか……いや、残念だなぁ」

脇坂はスマホを取り出して、ささっとQRコードを表示した。コミュニケーションアプリ《iコネクト》のアドレス交換用のもので、夏希も使っている。

「では連絡先の交換だけでもお願いできますか」

「はい……」

さすがに断り切れず、夏希はQRコードを読み込んで脇坂にメッセージを送信した。

「スケジュールにゆとりのあるときにぜひお目に掛かりたいです」

脇坂は自信たっぷりに言った。

「そうですね……」

もうこの男と会うことはないだろうと考えていた。誘いのメッセージを断るのが面倒だなと夏希は思った。同時に、うっかり婚活パーティーなどに参加したことを後悔していた。

そのときである。

左舷《さげん》から雷鳴にも似た轟《とどろ》きが響いた。

「えっ、なに？」

「なんでしょうか」

あわてて音のする方向を見ると、暗い海面の向こうで数メートルの高さに火柱が立ち上っている。海へ三つ突き出た桟橋の右端だった。

目を凝らすと、がらんとした闇が広がる空間で、少し離れて背後に白い倉庫のような建物が見える。

天に向かう火柱は、かつて《帆 HAN》で織田と一緒に目にした炎とそっくりだった。

「爆発……ではないでしょうか」

夏希の声はかすれた。

「まさかそんな」

脇坂の声も乾いている。

ふたたび、爆発音が響いた。

前の爆発地点から右へ数メートルあたりの位置で火柱が上がった。

やはりがらんとした場所である。

火柱の焰《ほのお》が波間に反射する光がゆらゆらと揺れた。

みたび爆発が起こったときには、ラウンジからも十人ほどの男女がバウデッキに出てきた。

「なんの音なのぉ」

背後から優香里が近づいて来て、ほろ酔い加減で訊《き》いてきた。

「爆発が起きたみたい」

「事故？」

「わからない……」

答えとは裏腹に、夏希は事件の臭いを感じていた。

倉庫内であれば、収納してあった荷物が爆発した可能性もあるだろう。しかし、荷物らしいものの見当たらない桟橋上でいったい何が爆発したというのだろう。

「また爆弾騒ぎかよ」

「みなとみらいって前にも爆弾騒ぎがあったよね」

「船はちゃんと港に着くのかしら」

着飾った男女は、ゆらゆらと三本立ち上っている炎を指さして、口々に不安そうな言葉を発している。

「お客さま、事故が起きたのは山下埠頭《やましたふとう》の三号バースという岸壁付近ですが、本船の運航には支障ありません。予定通り、二十一時三十分には帰港致しますのでご安心下さい。デザートドリンクをご用意致しますので、皆さまラウンジにお戻り下さいませ」

パーサーの言葉に、バウデッキにたたずんでいた男女はキャビン内に戻ってゆく。

「真田先生、この後どうする？」

病院時代の呼び方で優香里が訊いた。

「その呼び方やめて……」

夏希はあわてて顔の前で手を振った。

「あ、ごめん」

優香里の登場から黙っていた脇坂がちらっと夏希を見た。

「パーティーに来た意味あったよ」

優香里は片目をつむった。

「そうよかったね」

「夏希ちゃんはいいことあった？」

「うん……」

夏希は答えに窮した。

優香里は近くに立つ脇坂には気づいていないようである。

「ね、どこかでちょっと飲まない？」

とすると、優香里の言うパーティーの「成果」とは、後日、あらためて会う約束をしているということなのだろう。

脇坂に断った以上は、ここでうんと言うわけにはいかない。

「あ、真田さん、ではまた」

脇坂はかるく手を振ってキャビンへと戻っていった。勘のいい男である。

陸地の方向から風に乗って消防車やパトカーと思《おぼ》しきサイレンが聞こえてくる。

（いちおう、現場《げんじょう》に顔を出してみるか）

爆破事件となれば、臨場する羽目になる可能性がある。どうせなら、犯行直後の生々しい現場を見ておきたい。

「残念だけど、優香里さん、わたし仕事が入っちゃった」

「え！　これから？」

優香里は目を見開いて驚きの声を上げた。

「山下埠頭の現場に行ってみなきゃ」

「いまの爆発の？」

「そう。事件の可能性が高いと思うから」

「警察の仕事ってほんと大変ね」

「しっ」

夏希は自分の唇に人差し指を当てた。

優香里はぺろっと舌を出した。

ヨットの帆を模したインターコンチネンタル・ホテルがぐんぐん近づいて来た。土曜日とあってほとんどの窓に灯りが点っている。

ぷかり桟橋のターミナルはシャンパンゴールドに輝いて浮き上がり、ウッドデッキはレインボーカラーに彩られている。

クリスマスイルミネーションに飾られた、ぷかり桟橋に《オーシャン・ミンクス》は無事に接岸した。

下船してもターミナルから去ろうとしない参加者たちも多い。これからデートに向かう男女も少なくないのだろう。

【2】

優香里に別れを告げて、パシフィコ横浜の乗り場からタクシーに乗り込み、山下埠頭三号バースを行き先として告げた。

山下公園通りをひたすら本牧《ほんもく》方向へ進み、山下橋を左折する。山下埠頭に入るところにある横浜水上《すいじょう》警察署の山下ふ頭交番付近に赤色回転灯を点灯したパトカーが二台停まっている。

地域課の制服を着た警官が赤い誘導棒を振りかざして停車を命じた。

運転手が窓を開けると、若い警官が顔を覗《のぞ》かせた。

「どちらへ行きますか」

「こちらのお客さんは、三号バースに行くそうなんです」

運転手は言い訳するような口調で答えた。

「三号バースは封鎖中ですよ。元の三菱《みつびし》倉庫のところから入れません」

身分を明かそうかと思ったが、面倒だった。

「大丈夫です。三菱倉庫のところで降ります」

「申し訳ないけど、お客さんちょっと降りてもらえませんか」

口調は丁寧だが、有無を言わせぬ調子で警官は言った。

運転手がドアを開けると、潮風が吹き込んできた。

仕方がないので夏希は車外に出た。

五十年輩の制服警官が待ち構えていた。階級章を見ると巡査部長である。

「こんな時間に何の用で三号バースなんぞへ行くんだね」

巡査部長は夏希の頭のてっぺんからつま先までジロジロと眺め回した。

たしかにシニヨンにまとめたパーティーヘアで、派手目のメイクをした女が暗い倉庫群へ向かうというのは尋常ではない。

「すみません、仕事なんです」

「へぇ、こんな時間にあんな淋《さび》しいところに行くなんて、あなたのお仕事はいったい何なの？」

意地悪な目つきで巡査部長は訊いた。

どうやら身分を明かすほかはなさそうだ。

夏希は仕方なく、ハンドバッグから警察手帳を出して身分証を提示した。

「科捜研の真田です」

「えっ！」

巡査部長は目を剝《む》いた。

「早く臨場したいので……」

「あ、あの……失礼致しましたっ」

あわてて巡査部長は挙手の礼をした。

たった一階級の違いなのに、警察のこの過剰な階級意識は何とかならないのかと思う。

「いいんです。パーティーの帰りだから、こんな格好だし……」

「ご苦労さまです。現場までお送りします」

「いいです。お忙しいでしょうから」

早くタクシーに戻してもらいたい。

「三号バース入口でも検問してますんで、若いのに送らせます」

巡査部長はペコペコと頭を下げて、若い警官に目顔で指図した。

夏希はタクシーの支払いを済ませると、パトカーの助手席に乗り込んだ。

若い警官が一人でステアリングを握って、パトカーはすぐに走り始めた。

「いやぁ、まさかあなたが、あの真田警部補だとは……」

横顔で警官は言った。

水上署の地域課にも夏希の名前が知られているとは意外だった。

「わたしをご存じなんですか」

「このあたりの所轄では知らない人間はいませんよ。難事件をいくつも解決したすげえ美人のドクターって」

「警官が容姿に触れると、市民にセクハラって言われますよ」

このことを自覚していない男性警官は少なくない。まだ若い同業者だから、将来のために注意をしておいたほうがいいと夏希は思っていた。もちろん、彼が同業者でなければ、目くじらを立てるほどのことではない。

「あ、すみません」

若い警官は素直に詫《わ》びた。

「いえ、わたしはいいんです……さっきの爆発について何かわかっていますか」

「火はすぐに消えてとくに被害はないそうですが、不審火の可能性が強いようです」

「やはり不審火なのね」

「現場は燃えるようなものがある場所じゃないんですよ。もう本部の鑑識が来てますから、何かわかってるんじゃないんですか」

やはり爆破事件なのか……夏希の心に緊張が走った。

パトカーが走り始めてすぐに気づいた。

山下埠頭《ふとう》は西側の三分の一ほどはがらんとした空き地となっている。

クレーン車やトラックなどがあちこちに整列したように駐《と》まっていた。工事事務所と思しきプレハブの小屋がいくつかあるが、灯りもほとんどなく真っ暗な空間だった。

さらに左手には暗い海が続いている。

「西側にはなにもないのね……」

「山下埠頭は全面的に再開発が進められているんですよ。ぜんぶで十号までバースがあるんですが、西側の一号から三号は上屋《うわや》も倉庫も取っ払われてます。三菱倉庫の建物ももうありませんよ」

「存在しない三菱倉庫のあたりで降りると言ったから、タクシーから降ろされたわけね」

「そりゃそうですよ。だいたい真田さんのような若い女の人が夜遅く行く場所じゃありませんからね」

「ところで上屋ってなに？」

　初めて聞いた言葉だった。

「船からあげた荷物を倉庫に入れる前に荷さばきをする施設ですよ」

「なるほど、それで三分の一くらいが空き地になっちゃってるのね」

「ええ、山下埠頭は九割以上が国有地と横浜市の市有地なんですけど、五十年以上前から長い間、ずっと横浜港の荷揚げの中心的な存在でしたからね。いまは本牧や大黒《だいこく》に中心が移ってますけど」

「詳しいのね」

「俺、船が好きで本当は海保に入りたかったんですよ」

　警官は横顔で笑った。

「じゃ、水上署に配属されてよかったじゃない」

「そうなんですけど、本当は警備艇に乗務したいんです」

「いつか警備艇勤務になるといいね」

「ありがとうございます。で、再開発計画は平成二十七年から始まっているんですが、もともとうまく進んでいなかったのに、京極市長がIR誘致を決めたことから横浜港運協会が反対して立ち退きを拒否してるんですよ」

「IRってカジノよね」

そういえば、そんな報道を目にした記憶があった。

「正確に言うと、カジノを含む統合型リゾート施設ですね。まぁ、揉《も》めてるから残り三分の二の再開発はどうなるのかなぁ」

パトカーに乗せてもらったおかげで、現場への予備知識を仕入れられた。

しばらく進むと、黄色い樹脂製のバリケードが延々と続いている。これは再開発の工事業者が設置したものだ。三号バースは今夜の事件以前から立ち入り禁止となっていたようだった。

中央付近はクルマが通れるくらいに開かれている。

誘導棒を光らせた四人の制服警官が立って検問していたが、パトカーだけに容易にスルーできた。

バリケードの奥には、赤色回転灯がいくつか光っていた。

「この右手の白い建物が四号上屋です」

警官はパトカーを停止させると、ステアリングから右手を放して奥を指さした。

船から見えた倉庫のようなコンクリート造りの白い建物だった。

「倉庫じゃなかったのね」

「ええ。で、左手の何もない岸壁が三号バースですよ」

突き出た広い栈橋の左側だが、やはり何もない。

さらに数十メートル進むと、広い栈橋に、警察車両を等間隔で数台停め、その間に黄色い規制線テープが張ってある。

パトカーは規制線のところで止まった。

「ここからは歩いて下さい。現場はすぐそこです」

「ありがとうございました」

「噂の真田さんにお目に掛かれて、よかったです」

「あまりわたしの噂をしないで下さい」

夏希が冗談めかして言うと、若い警官はさわやかに笑った。

「了解です。ではまた」

パトカーを降りると、潮風が強く香った。

ワンボックス型の投光車二台によって、あたりは昼間のように明るかった。

何台かの警察車両が停まっていたが、覆面パトカーはおらず機捜は帰った後のようだった。火はすぐに消し止められたのか、消防車両も見られなかった。

まぶしい光のなかから青い鑑識作業服を着た四十くらいの男が近づいて来た。

「あれぇ、ドクターじゃないか」

がっしりとした体格の大柄な男は、県警本部鑑識課の宮部《みやべ》巡査部長だった。何度か現場で顔を合わせて話をしたことがある。

「宮部さん、早いですね」

「当直でね。それより、今夜はなんだか一段と艶《あで》やかだね」

セクハラギリギリか……まぁ、薹《とう》が立っている宮部に言っても無駄だろう。

「パーティーの帰りなんです」

「その格好、絶対に警官ってわからないよな。潜入捜査できるね。真田さん」

「そんな怖いこと無理です……それで、やっぱり爆破事件ですか」

宮部は渋い顔でうなずいた。

「まぁ、現場に行ってみよう」

大股《おおまた》に歩き始めた宮部の後を、夏希は歩みを速めて従《つ》いていった。

建物が撤去された跡と思われるコンクリートの土台付近で、七、八人の鑑識課員たちが作業していた。

集塵機《しゅうじんき》を使ったり、屈《かが》み込んでフラッシュライトで地表を観察したり、いつ見ても鑑識の作業は緻密《ちみつ》で苦労が多いものと感ずる。

「科捜研の真田主任がドレスアップして、みんなを激励にパーティー会場から直行してくれたぞ」

宮部は作業している鑑識の男たちに大声で呼びかけた。

「うぇーい」

「うぃーすっ」

顔を上げた男たちから意味不明の叫び声が返ってきて、海に響いた。

「やめて下さい、宮部さん」

夏希は顔の前で手を振った。

「あははは。見て。あの三ヵ所が爆発物が仕掛けられたところだよ」

立ち止まった宮部は海の方向を指さした。

コンクリートの岸壁上に一メートル四方くらいの黒いこげ跡が三ヵ所残っている。破片が飛んだ位置なのか、AとかBの鑑識標識があちこちに設置されていた。

「爆破規模は小さくて、爆発物はたいしたものじゃないね。科捜研で分析してもらわないと何ともいえないけど、素人でも作れるようなものじゃないかな。だが、オモチャではない。もし、近くに人がいたら怪我をする可能性はじゅうぶんにあったと思うよ」

「誰もいなかったんですね」

「夜の九時頃だからね。すべての作業は終わっているし、ここは一般車は入れないようにバリケードが設置されてるから、人っ子一人いなかったはずだね」

「目撃者もいないんですよね」

「もちろん、いないだろうね」

宮部は顔をしかめて言葉を継いだ。

「それから、山下埠頭の入口付近には防犯カメラがあるけど、一号から三号バースはこの通り、すべての施設が撤去されてる。こんな場所で犯罪なんて考えにくいからね」

「わたししばらく、現場観察してみます」

夏希は深呼吸を繰り返して、大脳をデフォルト・モード・ネットワーク（DMN）に持っていった。脳のアイドリング状態、何もしないで何も考えないでいる状態、つまりぼんやりしている状態だ。DMNは外からの刺激から独立した思考や自分への内省の機能を持つと言われている。近年の脳生理学は、DMN状態時に人間がいちばん高度な思考をしている可能性があることを指摘している。

潜在意識の働きが思考に大きな力を与えていることは、昨今の脳生理学が次々に新しい研究によって証明している。

夏希はゆっくりと目を見開き、大脳を通常のモードに戻した。

この現場からは犯人の犯行に対する強い思いというようなものは感ずることはできなかった。

ただ、いままでの現場と似ているところがある。

一番似ているのは、マシュマロボーイと名乗った青年が、みなとみらい五十三街区の再開発地域で起こした爆破事件だった。そう、織田と《帆 HAN》から見た、夏希にとっては初めての事件の現場だ。

あの事件でマシュマロボーイは、『バスク解放同盟』や『アイルランド自由軍』など海外のテロ組織を匂わせて、結局は警察組織を翻弄《ほんろう》することが目的だった。

「これ、たぶん示威行為、デモンストレーションですよね」

「つまりどういうこと？」

宮部は首を傾げた。

「だって、何を破壊するのでもなく、まったく無駄な爆破ですよね」

「たしかに火薬の無駄遣いだな」

「犯人は爆破によってメッセージを送りたいのだと思います」

「だけど、ここって海に向いてるから、ほかからはあまりよく見えない場所だよ。大型客船の寄港中以外は、夜の大さん橋には船がいないしね。氷川丸《ひかわまる》や山下公園からは見えたかもしれないけど、五百メートル以上あるし、爆発の規模が小さいから事件とは思わない人も多かったんじゃないかな。近くを通っていた船があれば、よく見えただろうけれど」

宮部の言う通り、劇場型犯罪だったジュードの事件とは違う。夏希はたまたま《オーシャン・ミンクス》から爆発を目撃した。だが、それはあくまで偶然のことだろう。

しかし、マシュマロボーイ事件の時だって、犯人は目撃者をそれほど期待してはいなかった。

今回の犯人も、警察が事件性があると判断して捜査を開始すればよいだけなのかもしれない。

「実はわたし、この沖を通っていた船の上で開かれていたパーティーに参加してたんです。それで、この爆発、リアルタイムで見てたんですよ」

「えっ、そうなの？」

宮部はかるく仰《の》け反った。

「ええ、たいした規模じゃないとも思いましたが、何もないところで爆発が起きたので、事件性があるんじゃないかと思って、ぷかり桟橋から直行してきたんです」

夏希の顔を宮部はまじまじと見た。

「この事件《やま》は、やっぱり真田さんのものだね」

「嫌なこと言わないで下さいよ」

「警官ってのは事件に魅入られることがあるんだよ」

真面目な顔で宮部は続けた。

「事件に魅入られる……ですか？」

言葉の意味がよくわからなかった。

「うん。本人の意志とは関係なく、縁がある事件ってのに出っくわすことがあるんだ。どうしてもその事件解決のために生命をすり減らすことになる。ベテランの刑事《デカ》はそのことをよく知ってる……」

江《え》の島《しま》署の加《か》藤《とう》など、しょっちゅう事件に魅入られていそうな刑事だ。

「わたし、事件になんて魅入られたくないです」

「でも、県警で事件を直接目撃したのは、真田さんだけだろ？」

背筋に一瞬だけ冷たいものが走った。

「それはそうかもしれませんが」

「だから魅入られたって言ってるんだよ」

「とにかく、犯人は誰も見てなくてもよかったのかもしれないです。要はこの爆破はメッセージなんです」

「どんなメッセージかね」

「わかりません。でも、そのうち、犯行声明のようなものが出されるのではないでしょうか」

「そうなったら、真田さんの出番だ」

宮部は嬉《うれ》しそうな声を出した。

「また引っ張り出されるでしょうね……」

夏希は少しだけ憂鬱《ゆううつ》になった。もし、犯人がSNSなどを使って犯行声明を出せば、必ず自分は捜査本部に招集される。犯人と接触することを求められるのだ。わがままな犯人と接触し続けるのは大変に難しい仕事であることは間違いなかった。

「県警一の明晰《めいせき》な頭脳に期待してるよ」

宮部は皮肉でもない調子で言った。いくつかの事件の解決に貢献してきたことで、男社会の県警捜査員たちも夏希の存在を少しずつ認め始めている。

「おだてたって何も出ませんよ」

夏希は冗談で返すしかなかった。

認められることは嬉しいが、それだけ両肩に乗せられる責任も重くなる。

投光器の光の渦のなかに黒い影が現れた。

鑑識作業服の男と、一匹のドーベルマンのコンビである。

夏希の愛する警察犬のアリシアと、本部鑑識課の小川祐介《おがわゆうすけ》巡査部長だった。

脇目も振らずこの現場へ直行してきたのは職業意識だけではなかった。不審な爆発となればアリシアが臨場することを見越していたのだ。

アリシアはもともと地雷探知犬だけに、爆発事件では必ず駆り出される。久しく会えなかっただけに、夏希は黒い首筋を抱きしめたい衝動に駆られていた。

アリシアは、五メートルほどの距離に近づくと、夏希の顔を見つめてはぁはぁと舌を出した。

「アリシア！」

夏希は小さく叫んだ。だが、アリシアはそれ以上の反応を見せなかった。

いまはハーネスを付けているお仕事モードだった。そんなときのアリシアは仕事一途《いちず》だ。

夏希も抱きつくわけにはいかなかった。

アリシアが現場の残留物の確認作業を終えるまで、ガマンするほかはない。

「あれ？　真田じゃないか」

ハーネスのリードを握っている小川が声を掛けてきた。

例によって呼び捨てだ。小川は歳下のくせにいつもこうだった。

「真田さんと言いなさい」

口の中で不明瞭《ふめいりょう》に、ごにょごにょと答えた後で、小川は小首を傾げて訊《き》いた。

「で、なんでここにいるわけ」

「ドクターは事件に呼ばれたんだよ」

宮部が後ろから、ぬっと顔を出した。

「おっ、宮部さん。お疲れです」

同じ階級だが、先輩の宮部に対して小川はいつも丁寧な態度を見せる。

「アリシアも元気そうだな」

「もう最高に元気ですよ。それにしても、真田はバカに早く駆けつけてるじゃないですか。俺だってでき得る限り早くやってきたつもりなんですよ」

「真田さんは、沖を通った豪華船で婚活パーティーしていて、リアルタイムに事件を目撃したんだ。それでドレスを着たまま、人魚姫になってここへ泳いできたんだよ」

たしかにすべて宮部の言う通りだが、婚活パーティーだったと宮部に話した覚えはなかった。夏希の婚活は、刑事部内では噂になっていると言うことか。あまりおもしろい話ではなかった。

「宮部さん、ぜんぜん意味わかんないっすよ」

口を尖《とが》らせた小川の肩を宮部はぽんと叩《たた》いた。

「まぁ、さっさと仕事してこいよ。真田さん、きっとおまえを待ってるぞ」

「冗談じゃないです。待ってるのはアリシアですよ」

夏希はあわてて否定した。

「別に待ってなくていいから」

素っ気なく答えると、小川はリードを引っ張って黒焦げの方向へ大股《おおまた》に去っていった。

アリシアを待つ間、夏希はもう一度現場観察をした。今度はスマホで山下埠頭《ふとう》のマップを表示して目の前の景色と引き比べてみた。

この岸壁には一号、二号、三号と三カ所のバースがあり、再開発のためにあらゆる建物がない点では同じだ。それでも、たとえば一号バースは埠頭の入口にも近く、隣接する山下公園からもよく見える。海を挟んですぐ近くの氷川丸は十七時に閉館するから、すでに誰もいなかったかもしれない。しかし、一号バースで爆発があれば、デートのカップルがいたに違いない山下公園のおまつり広場などからは、よく見えたのではないだろうか。

(やっぱりここは海と四号上屋以外からは目立たない場所だ)

爆破地点は山下公園から八百メートルも離れているのである。あの程度の爆発では騒ぐ人もいなかっただろう。

「宮部さん、事件認知の端緒はなんだったんですか？」

「沖合を移動していたプッシャー船という作業船の乗組員から海保に入った無線が第一報だ。貸切大型クルーザーの《オーシャン・ミンクス》の船長からも海保に連絡があった。真田さんが乗ってたのその船だろ？」

「そうです。その船です……じゃあ、一番近い四号上屋で作業していた人からの通報じゃないんですね」

「ああ、四号上屋は建物は残っているが、夜間は誰もいないからね」

「山下公園ですごしていた人たちからの一一〇番通報はなかったんですか」

「あったかもしれないけど、俺は聞いてないな。山下埠頭の東側で作業していた事業者からの通報はあったようだ」

「よくわかりました。やっぱり犯人の目的は爆破を人に見せること自体にはないようですね」

「そうかもしれんな」

宮部はあごに手をやって考え深げな表情を見せた。

三十分ほどすると、小川とアリシアが帰ってきた。

リードを持っていないほうの左手に証拠収集用のポリエチレン袋、正式名称は「原臭保存袋」をぶら下げている。

「またまたアリシアがお手柄ですよ」

弾んだ声で小川は袋を夏希たちに掲げて見せた。

アリシアは夏希に向けて顔を上げた。

「おお、アリシア、何か見つけたかっ」

宮部が身を乗り出した。

袋に入っているのは、一センチ四方くらいのひしゃげて焦げたグレーの樹脂の塊だった。

「これ、おそらくバッテリーの破片だと思うんですよ」

小川は宮部の顔の前にポリエチレン袋を突き出した。

「うん、こいつは携帯電話のバッテリーのかけらにも見えるな」

宮部は破片をまじまじと見つめてうなずいた。

「すごいね。アリシア」

夏希も惜しみない賞賛の言葉を贈った。

アリシアは小川の足元に座って夏希たちを静かに眺めている。

「しかし、いつもながらアリシアには腹が立つなぁ」

宮部は冗談めかして言葉を継いだ。

「俺たちがあれだけ探しても見つけられなかった残留物を、あっという間に見つけちゃうんだからなぁ」

「こいつも土の中にめりこんでいたんですよ」

小川は得意げに背を反らした。

「地雷探知犬だっただけに、土の中は得意だよな」

宮部に頭を撫《な》でられても、アリシアはおとなしく座っている。

「アリシアのこと、いっぱいほめてあげなきゃ」

夏希の言葉に小川はふんと鼻を鳴らした。

「真田に言われたくはないね。宮部さん、これ、ちょっと預かってくれますか」

小川は宮部にポリエチレン袋を渡した。

「おう。おい、誰かこれを収集物回収ボックスのなかに入れとけ」

すぐに若い鑑識課員がポリエチレン袋を受け取って走り去った。

「さてと……」

小川は屈《かが》み込んでハーネスをはずすと、アリシアの頭と喉《のど》のあたりを撫で回した。

アリシアは目を細めて気持ちよさそうに鼻を鳴らしている。

「ソート、ドウ・アイ・ソート」

小川はスウェーデン語で声を掛けつづけている。「かわいいよ。おまえはかわいい」という意味だそうである。

地雷探知犬の活躍場所はカンボジア、エチオピアやコンゴ、ヨルダンなどだが、スウェーデンで基礎教育と訓練を受けることが多い。生地《せいち》であるスウェーデンの言葉でアリシアへの命令も下されるのだ。

小川はリードを外して、しばらくの間、アリシアとゴムのオモチャで遊んでいた。オレンジ色の卵形のオモチャを宙に放ってアリシアに取って来させるのである。この遊戯はアリシアにとっては最高のごほうびなのだそうだ。

ようやく戻ってきたアリシアに夏希は歩み寄っていった。

「アリシアはいい子だね。本当に立派」

声を掛けると、アリシアは夏希の胸に、かるく左右の前足を掛けた。

羽織っているトレンチコートが汚れるが、少しも気にならなかった。

夏希はアリシアの頭をやさしく撫でた。

アリシアはくうーんと小さく鳴いて、夏希の目をじっと見た。

見た目にはわからないが、アリシアは右目がほとんど見えない。日本にやって来る前にカンボジアで地雷探知犬として働いていたときに、地雷の破片が直撃したために右目の視力を失った。そのうえ、後遺症で大きな音などの刺激で動けなくなってしまうというPTSDも抱えている。

夏希は待っていたのだ。最初にごほうびを与える役割を小川から奪ってはならない。アリシアにとって、今回の夜間勤務の唯一の報酬は小川からの愛情表現なのだ。

「真田、これからどうするんだ」

リードをつけながら、小川が訊《き》いた。

「現場観察も終わったし、もう家に帰る」

すでに時計の針は十一時を廻《まわ》っていた。

「アリシアを送るついでに乗せてってやってもいいぞ」

ことさら素っ気なく小川は誘った。

こんな言い方にはとっくに慣れている。

戸塚《とつか》区舞岡《まいおか》の自宅と、アリシアの訓練所は目と鼻の先である。

電車で帰るのも面倒だし、アリシアと少しでも一緒にいたかった。

「じゃ、お願いできる？」

夏希は素直に頼んだ。

「別に、たいして遠回りじゃないからな」

「よかったな。美人とドライブできて」

宮部が小川の肩をぽんと叩《たた》いてからかった。

「そんなんじゃないっすよ」

小川はそっぽを向いて引き受けた。

「今夜もドクターは《オーシャン・ミンクス》って豪華クルーザーで、セレブなパーティーに出てたんだ。小川、うかうかしてると、どこぞの青年起業家に真田さんをかっさらわれるぞ」

「そんな物好きがいるんすかね」

「強がり言って、後悔しても知らないぞ」

宮部は大きな身体を揺すって笑った。

「お疲れさまでした。帰ります」

夏希は愛想よく言って頭を下げた。

「じゃ、宮部さん、また」

小川は軽く手を振って踵《きびす》を返した。

「おお、鑑識課代表として頑張れよ」

背中から宮部の笑い混じりの声が飛んできた。

いつものグレーメタリックのバンのリアゲートを開けて、小川はアリシアをケージに入れた。

しゅるっとケージに入ったアリシアは、おとなしく座った。

クルマが走り始めると、ステアリングを握った小川が前方を見ながらぽつりと言った。

「なんだかヤバそうな事件だな」

「やっぱりそう思う？」

「あんな場所で爆弾仕掛けても意味ないだろ。いつかのみなとみらいの現場とそっくりだ」

さすがに小川も同じ感覚を持っている。

「そうなんだよね。あの事件と共通項が多い気がする」

「また、例のマシュマロボーイみたいな社会に不満持ってる人間の仕業じゃないのか」

「かもね……ただ、なんで山下埠頭《ふとう》なんだろうね」

「再開発中で人気《ひとけ》がないからだろ」

それきり小川は黙ってしまった。

過去に経験した事件との類似性は捜査官にとって大切なデータには違いない。しかし、それに頼りすぎると、予断が予断を呼び、捜査の方向を大きく間違えて迷宮に入ってしまうおそれがある。

社会心理学や認知心理学的に言えば、「確証バイアス」を抱くことになりかねない。確証バイアスとは、大雑把に言うと、仮説や信念を検証するときに、自分の主張に肯定的なデータばかり収集し、反証しようとしない傾向のことをいう。

論理的にものごとを考えることが苦手で、自分の仮説や信念にこだわり続ける人間の思考の特徴をいう。

科学的に根拠があるはずもない雨女や雨男を信じてしまうのも、この確証バイアスのなせる業なのである。

仮に夏希が自分は雨女だと信じているとする。ハワイ旅行や楽しみにしていた野外ライブの時に雨が降ると、自分が雨女である仮説が正しいと言うことになる。本当は夏希がハワイやライブに行かなくても雨は降ったわけである。ところが、人間の脳はこのような「自分の考えが当たったパターン」を強く記憶に残す特徴を持っている。

ハッと気づくと、いつのまにかクルマは横浜新道《しんどう》をおりて国道一号線の旧道を走っている。右手にはブリヂストン横浜工場の白い大きな建物が闇の中に浮かんでいる。

しばらくうたた寝をしていたらしい。パーティーから引き続いた緊張感でいささか疲れていたのだろう。

アリシアはリアのラゲッジスペースでおとなしくしている。

「もうすぐだぞ」

夏希が目覚めたことにすぐに気づいて、小川が声を掛けてきた。

「うん……そうだね」

クルマは工場の真ん中あたりにある舞岡入口の交差点で左折した。

そのとき夏希のスマホが鳴動した。

「来たみたい」

「コレからか？」

小川はステアリングから左手を離すと、小指を突き立てた。

仲間内では、親指を立てて署長や所長などをあらわし、小指を立てることで副署長や次長などをあらわすことがある。

ディスプレイには科捜研心理科長の中村一政《なかむらかずまさ》警部の名前が点滅している。

鼻筋は通っているが、刑事畑出身で目つきがよくない中村科長の顔を、夏希は思い浮かべた。

科捜研にも副所長がいるのだが、所長の次の命令系統という意味で、小川は中村科長を小指であらわしたのだろう。

直属の上司に当たるため、急な呼び出しを掛けてくることが多く、夏希にとっては魔界からの使者のような存在である。

いつぞやも仲よしの希美《まれみ》と伊豆《いず》の宿に泊まっていた朝、魔界からの中村科長の電話で素敵な夢を破られたことがあった。

「真田か。山下埠頭で爆破事件があった」

いつもながらの不機嫌で無愛想な声が響いた。休日の夜遅くだというのに、気遣う言葉も遠慮する雰囲気もない。まぁ、警察とはそういう職場なのだ。

「たったいま、臨場してきました」

夏希はさらりと言ったが、中村科長は驚きの声を上げた。

「え？　どこから連絡がいったんだ」

「まぁ、ちょっと」

船上婚活パーティーに出ていましたと上司に報告する必要もなかろう。

「さっそくご苦労だな。で、明日《あした》の朝、横浜水上警察署に帳場が立つ」

刑事《デカ》用語で捜査本部のことを意味する。中村科長は刑事用語をよく使う。

「会議は何時からですか」

「九時だ。上のほうから真田を参加させろとの命令が下りてきた。明日の朝は水上署に直行してくれ」

「了解しました。」

「どうやらテロ事案らしい」

中村科長は陰気な声で付け加えた。

となると、設置されるのは特別捜査本部となるだろう。

「やっぱり」

「そんな印象の現場だったのか？」

「はっきりしたことはわかりませんが……」

「とにかく詳しいことは会議で聞いてくれ」

中村科長はそれだけ言うと電話を切った。

「九時に水上署だって」

「帳場立つんだな。やっぱり」

「水上署って大さん橋のところだよね？」

「ああ、日本大通《にほんおおどお》りの駅からすぐだよ」

「よかった。科捜研より近いくらいだね」

夏希の声は少しだけ明るくなった。

刑事たちとは違って、捜査本部に泊まり込まなくていいことが多いのは助かる。だが、よく知らぬ警察署に毎日通うのも気疲れすることは否めない。

神奈川県警察の科学捜査研究所は山下町にあって、元町《もとまち》・中華街《ちゅうかがい》駅下車である。県庁のある日本大通り駅は、みなとみらい線の一つ前の駅だから定期券で行ける。

「テロ事案らしいよ」

「特捜本部か……また、警察庁から織田さんが来るかもな」

「そうかもね」

「織田さんとどうなんだ？」

小川が曇った声で訊《き》いた。

「どうって？」

「いや……別に」

時々会って食事していることを小川は勘づいているらしい。葉山《はやま》のレストランで偶然会った捜査一課の石田《いしだ》三夫《みつお》巡査長あたりから聞いたのかもしれない。

「仲よしの友だちになってきたかな」

そう。まだ友だちの領域を越えずにいる。

「へぇ、そりゃよかった」

おもしろくなさそうな声が聞こえた。

「キミやアリシアと同じくらいね」

大きな意味では間違っていない。

「どういう意味だよ」

「言葉通りの意味よ」

小川はそれきり黙りこくってしまった。

いくらも経たないうちに、クルマは横浜市営地下鉄ブルーラインの舞岡駅近くの高台に建つ夏希の賃貸マンションに着いた。

「今夜はアリシアに会えてよかった」

アリシアがケージの中で、くぅんと鳴いた。

しばらく会えないと思うと淋《さび》しい。

「ああ、俺は今回の帳場にはたぶん呼ばれないだろうから」

「送ってくれてありがとね」

「帳場じゃいろいろ大変だろうが、まぁ頑張って」

珍しくいたわりの言葉を小川が掛けてきた。

クルマから降りてからも、夏希はいつまでもアリシアに手を振っていた。

横浜市内では暗いほうの夜空に、オリオン座が華やかに輝いている。

冷たい風がなぜか心地よかった。

第二章　レッド・シューズ

【1】＠二〇一九年十二月十五日（日）

横浜水上署は水陸両面を管轄する第一方面に属する小規模署である。陸上面では、事件の起きた山下埠頭《ふとう》、大さん橋のほか、赤レンガ倉庫や横浜コスモワールド、横浜ワールドポーターズなどが建ち並ぶ旧新港町《しんこうちょう》一帯が管轄区域で、観光的にも華やかなエリアといえる。また、水上面では横浜港ばかりか、大岡川《おおおかがわ》から鶴見《つるみ》川《がわ》の一部までの横浜港に注ぎ込む河川まで含まれる。

交通地域課には、船舶パトロール、訪船連絡、捜索救助活動等を行う船舶班と、大型警察用船舶を運用して広域的な活動を行う船舶特務班が設置され、海や河川の安全を守っている。

建物の山下公園側には桟橋が設けられて警備艇がずらりと停泊している。

二十三メートル型警備艇「しょうなん」や十八メートル型警備艇「あしがら」など、水上バイク二隻を含めて合計十隻の警備艇を保有し、管轄する面積では水域九十七パーセント、陸地三パーセントで、まさに潮風の警察署である。

大さん橋はクイーン・エリザベスをはじめとする大型客船の寄港する横浜随一の発着埠頭である。近くというよりも、水上署は大さん橋の付け根に建っている。

向かいは横浜艦船商工業協同組合の建物であり、海側の隣には横浜税関監視部分庁舎が建っていた。

ちなみに神奈川県警の本部庁舎とは直線距離にして五百メートルほどしか離れていない。

夏希は九時十分ほど前に水上署の五階にある会議室に到着した。

茶色い天板の会議テーブルがずらりと並べられて、すでにたくさんの捜査官が着席している。

ぱっと見たところ、八十名体制の捜査本部と見受けられた。

いくつかのテーブルではPCが起《た》ち上がっていて、後方の窓辺のテーブルには無線機や有線電話が設置されている。

「おはようございます。真田さんも当然呼ばれてますよね」

声を掛けてきた黒いスーツの男は、警備部の小早川秀明《こばやかわひであき》管理官だった。

夏希と同年輩のキャリア警視で、プライドが高く、夏希の意見を聞き入れないことが多い。色白の才気走った顔つきは若手官僚らしい雰囲気を醸し出しているが、ドルオタなどの顔に似合わぬ側面を隠し持っていることを、夏希は知っている。

「おはようございます。テロ事案だそうですね」

「断定はできませんがね。犯行声明が出ましてね」

「やっぱり……」

「なんでわかるんですか」

　小早川管理官は、かるい驚きの声を上げた。

「昨日、現場を見てきましたから」

「相変わらず勘がいいなぁ。詳しくは会議で説明しますよ」

　爆破予告への対処は本来は警備部の事案だから、小早川管理官が捜査本部にいるのは当然だ。また、テロ事案への対処も警備部が管轄する。しかし、起きてしまった爆破事案の犯人を検挙するのは刑事部の事案である。

　制服の捜査員と立ち話をしていた、グレーのスーツをびしっと着た男が近づいて来た。佐竹義男《さたけよしお》刑事部管理官だ。オールバックの髪に精悍《せいかん》な顔つきは商社マンを思わせる。四十代の佐竹警視は容貌《ようぼう》にふさわしく冷静な人物だが、ごくまれに感情的になる。

「真田、ご苦労だな。日曜だからデートだったんじゃないのか」

「ご無沙汰《ぶさた》してます。残念ながら」

　夏希は冗談めかして肩をすくめてみせた。

初めて捜査本部で一緒になったときには夏希の存在をほとんど認めていなかったが、最近は意見によく耳を傾けてくれるようになってきた。

「君の顔を見ると……」

「厄介な事案だって思うんでしたよね」

「俺の言葉を奪うなよ」

佐竹管理官はにやっと笑った。

「えへへへ。今回も厄介そうですよね」

「そうだな。小早川と真田が揃う事案は、どうせロクなものではない」

「僕ですか?」

小早川管理官が自分を指さして素《す》っ頓狂《とんきょう》な声を上げた。

「まぁ、そこに座ってくれ」

佐竹管理官は隣の島を指さした。

夏希はいつもと同じように管理官席の隣の島に座った。この島にもPCが起ち上げられている。

九時ちょうどに黒田友孝《くろだともたか》刑事部長が入ってきた。少しルーズな髪型にオーバル型の銀縁メガネという、大学の若手教授を思わせる容貌は変わらない。京都大学で心理学科から法学部に転科したという黒田刑事部長は、バリバリのキャリア警視長で、四十代後半になっているはずだったが、四十代前半に見えた。

心理分析官を特別捜査官として採用する方針を打ち出した人物で、ただ一人採用された夏希に大いに期待を寄せてくれている。

続けて福島正一《ふくしままさかず》刑事部捜査第一課長が明るめのブラウンのスーツ姿で入って来た。定年近い警視正である。

筋肉質で四角い顔の叩き上げの刑事出身だが、強面には似合わず夏希が疲れ切ったときなどによく気遣いをしてくれる。

最後に制服で入って来たやわらかい顔つきの五十年輩の男性は横浜水上署の署長だろう。

黒田刑事部長と署長は何回か顔を出すだけなので、実質上、この捜査本部を仕切るのは福島捜査一課長となるはずだ。

（織田さん来ないのか）

夏希はどこかホッとする気持ちを感じていた。

プライベートでは友人となった織田だが、捜査では意見が食い違うことが多い。親しくなっただけに、かえって同じ捜査本部にいることは気が重い部分もあった。

三人の捜査幹部は、夏希たちの島とは向かい合う前方の席に座った。

「起立！」

一人の制服警官が号令を掛けて、全員が起立し一礼をした。

黒田刑事部長がよく通る声で口火を切った。

「昨夜、中区の大さん橋で二十一時五分を皮切りに、三回にわたり爆発が続いた。幸い、負傷者は出ていないが、犯人と思《おぼ》しき者から、横浜市長に対する脅迫的な言辞を含んだ犯行声明がインターネットに掲げられた。犯人は次なる犯行の予告をしている。後で詳しい説明があるはずだが、県警としては昨夜の爆破事案をテロ事案であると判断した。我々は卑劣なテロに屈することはできない。捜査員一丸となって一日も早く犯人を確保し、新たな犯行を防ぎ、市民生活の安寧を回復しなければならない。そのためには部署や階級の上下にこだわらず、全捜査員が連絡を密にし、自分の持てる力を最大限に発揮して捜査に臨んでほしい」

続いて福島一課長が口を開いた。

「本事案で何よりも重視すべきは犯人と思量される者から、巨大SNS《ツィンクル》にアップされた犯行声明文である」

福島一課長の言葉に従って、左手の大型液晶ディスプレイにツィンクルをキャプチャーした画像が掲示された。

——山下埠頭へのカジノ誘致に断固反対する。カジノはギャンブル依存症患者を爆発的な勢いで生産する。美しい横浜の街の生活環境は悪化して青少年たちの育成に限りない悪影響を及ぼす。愛する横浜にこのような悪魔の施設の開設を断じて許すわけにはいかない。今日十五日の正午までに京極高子《きょうごくたかこ》横浜市長がカジノ誘致を撤回する正式決定を発表しなければ県内のどこかで本格的な爆発を起こして人命に危害を加える。昨夜の爆破は単なる序章である。警告する。犠牲者を出してはならない。レッド・シューズ

会議室はざわついた。あちこちで不規則的なささやき声が響いた。

夏希は衝撃を受けた。

まさにテロそのものであり、要求している内容も具体的である。

いままでの犯人のような謎を含んだ声明文ではない。レッド・シューズは、個人的な感情ではなく、政治的な信念に基づいた犯行であることを宣言している。

夏希自身にどんな役割が果たせるかについて、自信がなくなってきた。

福島一課長はゆっくりと言葉を発した。

「知っての通り、昨年の七月二十日、『特定複合観光施設区域整備法』いわゆるIR実施法が成立した。これに伴い各地でカジノを含む統合型リゾート、いわゆるIRの誘致競争が始まった。現在のところ、横浜市のほか、大阪府・市、和歌山県、長崎県などが誘致を表明している。八月二十二日に横浜市長はIRを誘致すると正式発表した。爆破現場の山下埠頭《ふとう》は再開発中であるが、この四十七ヘクタールの土地こそが、二〇二〇年後半の開業を目指して、横浜市がIR候補地としている場所である」

福島一課長は、ちょっと言葉を切って会議室内を見回した。

「一方、合衆国側でもカジノ大手のラスベガス・サンズが十月二十四日、いわゆるIR

の候補地について、横浜市を優先的に検討する方針を発表している。以上の事情から、今回の犯行現場である山下埠頭にIRが建設される可能性は現実的なものとなってきた」

会議室は静まりかえっている。遠くで船の汽笛が響く音が聞こえた。

「IR横浜誘致計画については市民の中にも反対の声が大きい。八月二十三日には山下埠頭を利用する港湾運送事業者約二百四十社から構成される横浜港運協会が反対を表明し、山下埠頭の倉庫や事務所は立ち退かないと宣言している。九月には九千筆近い反対署名も横浜市長に提出され、リコールの動きも広がっている。さらに、十月三日には横浜市中区にある関内《かんない》ホールに反対派の住民が結集して『横浜にカジノはいらない 住民投票実施を求める市民集会』が開かれ、横浜市議や大学教授らも参加して気勢を上げた。十二月四日には横浜市側からの初めての説明会が中区で開催された。今後、京極市長は市内十八区のすべてで説明会を開き、IR誘致についての理解を求めていくとしているが、一部市民の反対は根強いものがある。あまりにも多くの市民が反対しているために、この方面から短期間に被疑者を特定してゆくことはきわめて困難と言わざるを得ない」

福島一課長は、眉間《みけん》にしわを寄せた苦渋の顔で説明を終えた。

続いて小早川管理官が説明を始めた。

「発信元はすでに警備部の国際テロ対策室で、アカウントを追いかけた。発信者はVPNサービスやプロクシを駆使しており、IPアドレスの追跡は困難を極めている。昨今、ネットを利用する犯罪者はIP秘匿の技術に長《た》けているものが多く、この方面からの被疑者の割り出しにも時間が掛かるものと思われる」

小早川管理官は冴《さ》えない顔で言った。

佐竹管理官が後を引き継いだ。

「鑑識が収集した証拠類は現在、科捜研で解析中だが、すでに携帯電話を用いた遠隔操作式の爆弾を使用したものの可能性が指摘されている。爆発の程度は軽微で施設等の破壊を目的としたものではないことは明らかであり、犯行声明にある序章のための示威行為と思量される。なお、現場は山下埠頭のなかでもすでに建物等が撤去されている地域であり、防犯カメラ等は作動していない。また、山下埠頭全体の入口には水上署の山下ふ頭交番があって防犯カメラも設置されているが、現時点では不審な人物の記録は見つかっていない。自動車でなく徒歩であれば、この防犯カメラに映らないように現場に到達できることがわかっている。犯人が隣接する山下公園のおまつり広場付近から徒歩で山下埠頭に侵入した可能性は高いため、現場周辺の聞き込みが重要な捜査となる。なお、レッド・シューズなる犯人の名前は横浜の象徴である赤い靴にちなんだものと思量される」

野口雨情《のぐちうじよう》が作詞し本居長世《もとおりながよ》が作曲した童謡『赤い靴』は、横浜の埠場から外国に行った女の子の話を歌って横浜の代表的イメージとなっており、山下公園にも「赤い靴はいてた女の子像」が昭和五十四年に建てられている。

「本部警備部と水上署警備課の捜査員は、市内在住の左翼運動家などで前科を持つ者と、ネット上で爆発物に関する発言をしている者を中心に捜査を進めてほしい。また、本部刑事部と水上署刑事課の捜査員は、山下公園と山下埠頭の周辺地域で目撃情報がないかを中心に捜査を進めてほしい。具体的なグループ分けは、会議終了後、佐竹、小早川両管理官の指示に従うように。犯人は正午までに横浜市長がカジノ誘致を撤回すると表明しなければ、次の爆破を起こして人命に危害を加えると脅迫している。現在のところ横浜市長はテロには屈しないという日本政府の方針に従い、撤回する予定のないことを表明している。次の犯行を阻止することが我々に課された最大の責務である。残り時間は、わずか三時間弱しかない。全捜査員の全力を振り絞って捜査に当たってほしい」

福島一課長が締めくくって第一回捜査会議は終了し、黒田刑事部長と水上署の署長は退出した。

夏希は、短期間で被疑者に辿《たど》り着く方向性が見いだせない現在、次の犯行を防ぐことの困難さを強く感じていた。

班分けが終わると、捜査員たちは三々五々、会議室を出て行った。会議室には夏希のほか、福島一課長と二人の管理官、ネットの捜査に当たる警備部の二人の捜査官、無線・連絡係の制服警官など十名だけが残った。

「真田さんは、例によって犯人への呼びかけをお願いします」

小早川管理官が近づいて来て指示した。

「やはりわたしはその役割ですか……」

「犯人との接触が成功すれば、あるいは性別や年齢など被疑者を特定するためのデータが収集できる可能性がありますからね」

小早川管理官はしたり顔で言った。

たしかに被疑者の特定が難しい現状では、犯人に呼びかけ、どのような人物であるかを探り出す仕事をするべきだと考えるほかなかった。

「《ツィンクル》の犯行声明にレス入れるかたちをとってください。もし返信やダイレクトメッセージがあったらチャットルームに誘導するんです」

今までとほぼ同じような接触方法だ。しかし、今回のような俗に言う「確信犯」が、夏希のレスに反応する可能性は低いだろう。それと……。

「まさかと思いますけど……」

「ええ、かもめ★百合《ゆり》のアカウントからです」

「また、あれ使うんですか」

「あたりまえじゃないですか。ネット上では県警の心理捜査官としての顔というだけではなく、もはや神奈川県警の顔です。全捜査員の代表が、かもめ★百合ですよ」

小早川管理官はしごく真面目な顔で言った。

かもめ★百合は、過去に連続爆破犯人と対峙《たいじ》するために仕方なく作ったアカウントだった。

カモメとユリの花は、それぞれ神奈川県のシンボル的に使われている。神奈川県警もカモメを名前に使ったピーガルくんという男児キャラと、ユリにまつわる名前のリリポちゃんという女児キャラを使っている。

ツインクルのプロフィール欄には、ツインテールで緑色の瞳《ひとみ》を持つ、いわゆる萌《も》え絵キャラのアイコンとともに次の一文が掲げられている。


——神奈川県警本部心理分析官。県警でただ一人の犯罪心理分析のプロ。県民の安全を脅かそうとしているサイコパスやソシオパスのキミたち。あたしが相手になるわ。さぁ、かかってらっしゃい。彼氏募集中。


すべてが織田の発案だったが、夏希はいつも情けなくて涙が出そうになる。

先天的なサイコパスと後天的なソシオパスに分けている点も異を唱えたいところである。臨床心理学で夏希の採っている立場からすれば、両者を区別することなく《反社会性パーソナリティ障害》と呼ぶべきである。それより嫌なのは……。

「せめて最後の五文字は外してもらえませんか」

「前にも言ったでしょ。織田理事官の許可が必要なんです」

表情を変えずに小早川は言った。

「そんなのどうでもいいじゃないですか」

「そんなわけにはいきませんよ。それとも彼氏ができたとか？」

相変わらずちょっとサディスティックなところがある男だ。

「わかりました。時間がありませんからね」

「その通りです。三時間も残されていないのです」

わざとのように生真面目な顔で小早川は言葉を重ねた。

「三時間以内に犯人と接触できるとは考えにくいです」

夏希は正直に意見を述べた。

「それでも、でき得る限りの手段をとるべきだ。刑事の仕事なんてみんなそんなもんだよ」

叩《たた》き上げの刑事出身である福島一課長が諭すような口調で言った。

正論だった。警察の仕事はわずかな可能性に賭《か》けなければならないことがほとんどだ。

犯人の確保につながる可能性を信じて、いまも刑事課の捜査員たちは、寒風吹きすさぶ山下公園の周りを聞き込みに回っているはずだ。

夏希は文案を考えて福島一課長たちに提示した。


——山下埠頭《ふとう》で爆破を起こした人へ。あなたとお話ししたいです。リプライをお待ちしています。ＤＭでもかまいません。声を聞かせてください。かもめ★百合

「いいだろう。佐竹さんどう思う？」

「ちょっとトーンが低めですが、まぁ、とりあえずこれで行ってみましょう」

「問題ないでしょう」

三人の合意が得られたところで、夏希はツィンクルに投稿した。

すぐにたくさんのリプライがついた。

——おい、これ、昨夜の爆発の……
——だな。神奈川県警が動き始めたってことだべ
——かもめ★百合姉貴、始動！
——姉貴、頼みます

しかし、犯人と考えられるような人物からのリプはひとつもなかった。

同様にDM（ダイレクトメッセージ）も入ってこなかった。

「さすがに県警のアカウントだけに、ふざけたDMを送ってくる者はそう多くはないだろう」

佐竹管理官がディスプレイから顔を上げて言った。

「わたしもそう思います。公開されている投稿にリプを付けることと、警察あてにDMを送る行為では心理的な障壁が違いますから」

夏希の言葉に小早川管理官もうなずいた。

「たしかに、IPの秘匿なんてのは、ふつうのSNS利用者には考えつかないでしょうから、投稿すれば警察に取り調べられると考えるでしょうね」

十時を回った頃、連絡係の制服警官が息を切らせて走ってきた。

「爆発物に関する科捜研の第一次解析が終わりました」

連絡係はプリントアウトされた紙を差し出した。

「うーん……やっぱりアンホ爆薬系だよ」

さっと目を通した福島一課長がプリントを佐竹に手渡した。

「アンホ火薬は、硝酸アンモニウムと軽油を原料に比較的容易に作れるからな」

佐竹管理官は嘆くような口調で言った。

「資料を見るに、たぶん爆発物は基礎的な知識があれば製作できる程度のものですね。となると、花火事業者や建築事業者の線は薄いかもしれません」

小早川の言葉に福島一課長が難しい顔をして訊《き》いた。

「つまり、またマニアというか素人の仕業と言うことか」

小早川管理官はかるくうなずいて、PCのディスプレイを指さした。

「ネット上でアンホ火薬系の爆発物に触れている発言を集めた大量のデータをAI解析に掛けて、犯罪に手を出しそうな疑いを捨てきれないものをふるいに掛けたデータベースがあります」

「うちの警備部がそんなデータベースを構築したのか」

福島一課長がかるい驚きの声を上げた。

「ええ、ビッグデータの解析とAIの活用は警察全体で意欲的に取り組んでいますからね。警察庁は今年度からAIの実証実験を開始しており各警察本部で実験の検討を行っているところです。また、警視庁はすでに二〇〇九年に捜査支援分析センター、通称、SSBCを設立しています。座間《ざま》市内のアパートで九人を殺害した、いわゆる座間事件では、防犯カメラのビッグデータ解析を利用して犯人を割り出し、SNS上で誘い出すという手法により検挙しました」

小早川管理官の饒舌《じょうぜつ》に、佐竹管理官が思いきり顔をしかめた。

「あんたに言われなくても知ってるよ……この分野でも我々は警視庁に後れを取っていることは否めない。あの事件は端緒が、被害者の一人の兄からの高尾《たかお》署への捜索願だったから仕方がないが、むざむざと警視庁にお株を奪われる羽目になった」

予算も大違いなのだが、神奈川県警は警視庁に対してつよいライバル意識を持っている。

「まぁ、SSBCは刑事部内に設置された組織ですがね。テロ対策については警視庁公安部がどんな手法でビッグデータを解析しているのか、我々にもろくに教えてくれません。警視庁の公安部は、我々道府県警本部の警備部を馬鹿にしきってますから」

今度は小早川管理官が顔をしかめる番だった。

日本の公安警察の中心を担っているのは実は一地方警察の機関に過ぎない警視庁公安

部である。全国的な規模で活動し、各道府県警の公安担当部とは一線を画す。公安の警察組織は秘密主義の性格を根強く持っており、警視庁公安部が神奈川県警警備部に対しても多くの情報を提供しないことは日常茶飯事らしい。

再度、連絡係の制服警官がプリントアウトしたA４判の紙を手にして走り寄ってきた。

「今回の爆弾は電話着信コントロールによる点火式か……」

福島一課長は低くうなった。

「となると、犯人はどこからでも爆破できるな……地取りの成果が半分以下になるな」

佐竹管理官が眉根《まゆね》にしわを寄せた。

現場付近で不審者の目撃情報や、被害者の争う声など、事件の手がかりとなる情報を聞きまわる捜査を地取りという。現在、刑事たちが山下埠頭や山下公園付近で聞き込みをかけているわけだが、爆弾の設置時の目撃者はいたとしても、こちらの時刻ははっきりしない。一方で、どこからでも起爆できるとなると、九時五分頃という爆破時刻の目撃者は存在しない可能性が高い。

「そうか。ソニック社製のバッテリーの破片から携帯電話と判明したのか」

「そのバッテリー、アリシアが見つけたんですよ」

夏希はアリシアの手柄を強調したが、小早川管理官の顔色は冴《さ》えない。

「だけどね、真田さん。携帯電話本体が判明しなければ、通信記録を当たることもできないんです。今回はようやく携帯電話と判明するだけの証拠しか集まらなかったんです」

「ある意味、今回の爆破でいちばん激しく破壊したかったのは、その携帯電話なんだろうな」

佐竹管理官の言葉に夏希も賛成だった。

「そうですね。爆発そのものは、主張を通すためのデモンストレーションの性格が強いわけですから、破壊の目的は携帯電話の証拠隠滅が最優先だったと思います」

「アンホ火薬系の爆発物については、我々も過去にも何度かやられてますからね。真田さん、とにかくデータを見てみて下さい」

「わかりました」

PCの前に座った夏希は、ディスプレイに映し出されるひとつひとつのデータを検証していった。驚くほど大量のデータで、さっと確認するだけでも長い時間を必要とした。

多くは爆薬の製作法を公表して、実験をした画像や動画などだった。

しかし、どのデータも、夏希の直感に訴えかけるものではなかった。

いくつかの投稿は犯罪をあおるような性格は感じられたが、自らが手を下すような雰囲気の感じられるものは見当たらなかった。

「だめです……このデータからは犯人を特定できそうな要素を発見できませんでした」

夏希は力なく答えた。

「レッド・シューズの声明文から犯人について何かわからないか」

福島一課長はいつものように、材料が少ない段階で、犯人像に対する夏希のコメントを求めてきた。

「そうですね……ひとつ特徴的なことがあります」

「なにかね」

「あれだけの長文なのに、読点がひとつも使われていないことです」

「読点……テンのことか。なるほど、ひとつもないな」

福島一課長は、ディスプレイの声明文を読み直して驚きの声を上げた。

「一般論に過ぎませんが、最近の若い人は文章を書くときに、読点をあまり使わない傾向が指摘されています」

「本当かね」

福島一課長は目を見開いて尋ねた。

「LINEなどのチャット形式コミュニケーションやSNSでは、短文を使う機会が増えたことと関係があるとされています。反対に読点の多い文章を書く中高年を『読点おじさん』と呼ぶこともあります」

「読点おじさんだって？　句読点はきちんと打つべきだろう」

佐竹管理官が身を乗り出した。

「女子高生の一部には『おじさんLINEごっこ』と称して中高年の文章をまねる遊びが流行《はや》っていますが、やたらと長文を書く、女の子の名前を○○チャンなどと呼んでこれを頻発するなどの特徴と並んで、読点を多くするというものが定番となっています」、夏希は休日はネットサーフィンをする時間を設けて、常にアンテナを張り巡らせている。そうして得た情報は仕事に役立つことが多い。

「うーん、うちの娘がそんなことをやっているのか……俺がLINEで娘に送ったメッセージのマネなどしているのかな」

佐竹管理官はうなり声を上げた。

「まぁ、女子高生がまねして気持ち悪がって楽しんでいるのは、主に『下心おじさん』です。チャット形式でありながら、ほぼ文章が自己完結しているタイプなので……」

「ならいいんだが……」

夏希は話題が逸れてしまったことを反省しながら、軌道修正することにした。

「一概には言えませんが、犯人はそんなに高齢ではない気がしています。一方で文法的には間違いが認められず、きちんとした文章を書くことから、高等教育を受けた人間だとも推察できます」

「ある程度高学歴の若い人間か……。そもそも今回の犯行は組織によるものなのか個人なのか」

「わかりません。山下埠頭《ふとう》にカジノが開設されたとしても、犯人が一個人だとすると、本人にとって直ちに不利益をもたらすものではありませんよね」

「そりゃそうだろう。嫌なら行かなきゃいいわけだからな」

佐竹管理官がうなずいた。

「大きくふたつの方向性が考えられますね」

「話してくれ」

福島一課長が促した。

「ひとつは文面通りに、横浜の環境悪化を懸念して、これを回避させるという使命感に燃えているケースです。どちらかというと真犯人は個人の可能性が高いでしょう」

「いわゆる確信犯だな」

「そうです。正義感こそ、規範的障害を麻痺《まひ》させるいちばんの要因です。これは今までご説明した通り神経伝達物質のドーパミンが分泌されて、脳が快感を覚えるからです。復讐《ふくしゅう》、加罰などと同じく人間は正義の実行を好むのです。ときにその快感は倫理や道徳さえも忘れさせてしまうのです」

「世間ずれしたように見えるやつでも刑事ってのは正義感で働いてるもんだ。犯人を挙げたい気持ちが強くあるからこそ、暑さ寒さに耐えて半分無駄とわかっている聞き込みでも靴の裏をすり減らして朝っぱら夜中まで歩き回れるんだよ。だが、正義感ってものは実に厄介だな」

詠嘆するように福島一課長は言った。

「京都大学大学院教育学研究科の明和政子教授らの研究グループは生後六ヶ月の幼児の段階から、人間には正義感が備わっている可能性を指摘しています」

「六ヶ月だって！」

福島一課長はのけ反った。

「おすわりが少しだけできるようになる段階です。人間の正義感は幼児にしてすでに存在しているのです。この研究によって幼児でも、攻撃されている弱者を助ける正義の味方的行為を肯定する傾向があるということが明らかになりました」

「うーん、正義感は人間の持って生まれた性質なのか……ところでもうひとつの可能性とは何かね」

福島一課長は夏希の目を真っ直ぐに見て訊《き》いた。

「すべてがカモフラージュということもあり得ます。正義の実行を標榜《ひょうぼう》しながら、利害関係のある者がカジノ誘致を妨害していることも考えられます。たとえば、山下埠頭にカジノが開設され、リゾートホテルなどが新規にオープンすることで客を取られる施設などの運営者が真犯人の可能性も否定しきれません。このケースだとしたら、真犯人は個人とも組織とも判断できません」

「例えばの話だが、港湾運送事業者から構成される横浜港運協会は、大型クルーズ船の停泊地やコンサートホールなどとともに、中長期滞在型ホテルを含んだカジノなしの再開発構想を打ち出している。従って加盟事業者はそのカモフラージュ犯人像には当てはまらないな……真田はどちらの可能性が高いと思う」

「課長、無理です。声明文だけでそこまで判断できるはずがありません」

夏希は顔の前で手を振った。

「いや、すまん。つい……」

福島一課長は頭を掻《か》いた。

「ところで、京極市長は誘致計画の撤回を検討することはないんだな」

佐竹管理官がぽつんと言った。

「テロに屈し、これを助長することにつながりますからね。国際的にもこの方針はすでに動かないでしょう」

小早川がしたり顔で答えた。

「本事案の犯人は、『横浜市へのカジノ誘致反対』という明確な政治的主張を掲げています。もし、京極市長が撤回表明をすれば、爆弾を使うという暴力によって自らの主張を押し通すことに成功したことになります。子どもを扱う発達臨床心理学的に言えば、市長が方針を撤回することは犯人の欲求を『強化』したことになります。理不尽な要求を『強化』すると、犯人はまた同じ行動を繰り返す怖れがあります。自らの主張を社会に対して押し通せたという達成感をご褒美としてもらえたことになるからです。撤回までゆかなくとも、横浜市長がなにかしらの譲歩をしたとしても『強化』したことになり、犯人はますます調子に乗ります。本来ならば、無視するのが一番の方法なのですが……」

夏希の言葉に、佐竹管理官は渋い顔つきになった。

「その理窟《りくつ》は正しいだろう。京極市長は無視しているわけだが、次の爆発が起きれば、割を食うのは市長ではなく、我々神奈川県警だ」

「たしかに……世間の非難はわたしたちに向けられるでしょうね」

夏希も同意せざるを得なかった。

時計の針はこういう場合に限って、嫌になるほど早く進んでゆく。

声明文から確信犯と考えられる性質上、期待できなかったが、予告時刻が近づいても犯人からの接触はなかった。

今回ばかりは夏希が心理戦で戦う必要はなさそうだ。

「もうすぐ十二時だ……」

福島一課長の言葉通り、会議室の壁の時計の短針と長針が重なろうとしていた。

しばらく、静かな時間が続いた。

本部系無線の入電を示すブザーが鳴った。

会議室内に激しい緊張が走った。

――県警本部より各局。三浦《みうら》市内で爆発の通報あり。現場は三浦市初声町《はっせまち》三戸《みと》二千五百番地の初音マリーナ。繰り返す、三浦市内で爆発の通報あり……

「三浦市初声町付近で巡邏《じゅんら》中の機動捜査隊員と自動車巡邏隊、現場付近にいる所轄パトカーは全車、現場に急行しろっ」

福島一課長がしゃがれ声を張り上げた。

「やられましたね」

佐竹管理官が乾いた声を出した。

「ああ、予告通りだ……しかし、なぜ三浦市なんだ。犯人が狙っていたのは横浜市内じゃないのか？」

福島一課長は首をひねった。

「真田、すぐに《ツィンクル》にメッセージを入れろ」

佐竹管理官が指示した。


——初音マリーナで爆発を起こした人へ。わたしはあなたの役に立ちたいと思っています。リプライかDMをお待ちしています。あなたの声を聞かせて下さい。かもめ★百合

またもたくさんのレスが付いたが、有益な情報は得られなかった。DMも入ってこなかった。

「あの……わたし臨場したいんですけれど……」

夏希は今度の現場も自分の目で確かめたかった。

「いいだろう。誰か真田を現場まで送ってやれ」

「直ちに手配します」

連絡係の警官が走り去った。

「あの……もし、犯人からDMが入ったらどうすれば……」

小早川管理官が戸惑いの表情で訊いた。

「いまのところ、接触がある見込みは少ないだろう。もし、接触があったら、とりあえず、小早川さんが対応してくれ」

福島一課長の言葉に、小早川も渋々うなずいた。

「真田さん、いつものタブレット持ってますね？」

「はい。いつも持ってますよ」

「何かあったら、連絡しますんで、よろしくお願いします」

「了解です。でも、小早川さん、大丈夫ですよ」

夏希は会議室の面々に頭を下げて、捜査本部を出た。

【2】@二〇一九年十二月十五日（日）

水上署のパトカーに送ってもらい、一時間ほどで現場に着いた。

現場は、京浜《けいひん》急行電鉄久里浜《くりはま》線の終点に当たる三崎口《みさきぐち》駅の南西、二キロ弱に位置する。

スマホのマップで確認すると、以前、上杉《うえすぎ》と向かった剣崎《つるぎざき》の現場と、三浦半島のちょうど反対側に位置することがわかった。

このマリーナに下りてくる途中の道沿いも、あのときに見た景色とそっくりの野菜畑が広がっていた。

パトカーを降りると、何台かの警察車両が、赤色回転灯を光らせて停まっている。ゲート式のマリーナの入口には規制線テープが張られていて、二人の制服警官が立哨《りっしょう》していた。規制線の外には、すでにテレビクルーや腕章を付けた記者らしき男女と数十人の野次馬が押しかけていた。

野次馬たちが好奇の目で見ているなか、夏希は規制線に近づいていった。

「お疲れさまです。科捜研の真田です」

夏希は警察手帳を提示して名乗った。

「ご苦労さまです。現場は桟橋のいちばん奥です。捜査員がたくさんいますので、すぐわかります」

制服警官は規制線の黄色いテープを持ち上げてくれた。

目の前に静かで明るい海が広がっている。

初音マリーナは小網代《こあじろ》湾の北側の岬から突き出た堤防に設けられた小さなマリーナだった。

堤防の北側にはテトラポッドが並べられ、南側には十数艇のプレジャーボートが係留されていた。

林のように屹立《きつりつ》するセーリング・クルーザーのアルミ製マストが、ゆるやかな波にゆったりと揺れている。

明るいブラウンのダスターコートを羽織った私服警官が、進路をふさぐように立ちはだかった。三崎署刑事課の刑事だろう。

「あんたは？」

四十過ぎの固太りの私服警官は尖《とが》った声で訊《き》くと、夏希の顔を無遠慮にジロジロと眺めた。

「科捜研の真田です」

夏希はまたも警察手帳を提示しなければならなかった。

「なんで科捜研の主任が現場に……」

表情と言葉は丁寧になったが、私服警官の不審な顔つきは消えなかった。

「福島捜査一課長の許可を得ています。現場を見せてください」

福島一課長の名前を聞くと、私服警官の表情がゆるんだ。

「わたしは三崎署刑事課の志村《しむら》と言います。現場はこの堤防の突端です」

本部の捜査一課長は、ノンキャリアのたたき上げからしか選ばれない。刑事出身の福島一課長は、刑事たちにとっては尊敬すべき大先輩なのだろう。

「ありがとうございます」

夏希が頭を下げると、志村は先に立って堤防を歩き始めた。

ゲストハウスや事務所らしき平屋の建物を通り過ぎ、ボートの真横を過ぎて奥へと進む。

「あそこです」

突端から五メートルくらいの位置で立ち止まると、志村は右手の堤防の外に並べられているテトラポッドを指さした。

一メートル四方くらいの範囲ででこぼこの黒い焼け焦げが残っている。

まわりには五名ほどの鑑識課員が証拠品の収集のために忙しげに立ち働いている。

足元を波が洗う不安定な場所だけに、作業には気を遣うだろう。

宮部の姿はなく知らない顔ばかりなので、三崎署の鑑識課員たちなのだろう。

「テトラポッド……ですか？」

「ええ、テトラポッドに爆発物が仕掛けられていたらしいんです。いま鑑識が入っていますが」

「どんな被害状況ですか」

「いや、あの通り、焼け焦げができただけで、とくに被害は出ていません」

「やはり……」

「なぜ、やはりとおっしゃるんですか」

志村は首を傾げた。

「いえ、この爆発はデモンストレーションに過ぎないと思うのです」

「ああ、レッド・シューズは横浜市長のカジノ誘致撤回を要求しているんでしたね」

「そうです。その脅迫のために、昨日の山下埠頭《ふとう》と今回の爆発を起こしたものでしょう。デモンストレーションですから、とくに被害を与えなくてもよいと考えていたのではないかと思っています」

「なるほど……」

「第一報はこちらのマリーナの従業員さんですか」

「そうです。爆発音に驚いて現場まで走って来たようです。ただ、時間を置かずして、あちらのリビエラシーボニアマリーナからも一一〇番通報が入りました。数メートルほどの火柱が見えたようです」

志村は入江を隔てた対岸を指さした。

たくさんのプレジャーボートが係留されていて、波を切って出航してゆくモータークルーザーの白い船体も見えた。

シーボニアはこちらの初音よりもずっと大きなマリーナだった。

係留地の背後には洒落《しゃれ》た十階建てくらいの数棟のマンションも建ち並んでいる。どうやら総合リゾート施設のようである。

(山下埠頭の現場と似ている……)

海上を航行している船から視認しやすい場所に、犯人は爆薬を仕掛けている。さらに、こちらの現場はマンション群からもよく見える。

犯人は、近くからの目撃を嫌って、遠方から爆発に気づきやすい場所を選んでいるように思える。

「あちらもここと同じプレジャーボートの基地ですよね」

夏希は対岸を指さして訊いた。

「ええ、そうです。規模は比較にならないほど大きいですが」

「天気のいい日曜日だし、波も静かだし、ボートの出入りは少なくないはずですよね」

「そうですね。シーボニアはリゾートマンションやレストランも備えていて、今日あたりはたくさんの人が爆発に気づいたのではないでしょうか」

志村は目を細めて対岸を見ながら答えた。

「目撃者がたくさんいるのではないでしょうか」

「そう思いたいですね。ただ、対岸からでは遠すぎて、肉眼では犯人の姿はよく見えなかったでしょう」

「このマリーナには防犯カメラはないのですか」

「入口に一基、さらに係留場所に二基、合計三基備えてあります。記録メディアの解析が済めば、犯人の姿が判明するかもしれません」

志村の声が少しだけ明るくなった。

そのとき、入口からアリシアのリードを持った小川が歩み寄ってくる姿が見えた。

「アリシア！」

呼びかけると、アリシアは夏希の顔を見て尻尾《しっぽ》を激しく振った。

ハーネスを付けているので、夏希は近づかないようにガマンした。

小川は夏希にはかるくあごを引いただけで、テトラポッドの鑑識課員たちに声を掛けた。

「お疲れです。こいつを仲間に入れて下さい」

鑑識課員たちはいっせいに振り向いた。

「よしっ、みんなちょっと休憩だ」

班長なのか、四十代半ばの鑑識作業服の男が課員たちに向かって叫んだ。

すぐに全員がテトラポッドから堤防に上がってきた。最近は女性の鑑識課員も増えてきたが、ここにいるのは全員が男性で二十代くらいの捜査官が多い。

「福原《ふくはら》さん、お疲れさまです。班長直々のお出ましですか」

小川は福原に親しげに話しかけた。

「うちの署は小さいんだ。なにかありゃ、俺も現場に出るしかないのさ」

二人は知り合いらしい。やはり班長だった。となると、階級は夏希と同じ警部補のはずだ。

「めぼしいものは何か見つかりましたか」

「いや、だいたいが海に飛び散っちまってるからな。何らかの破片はいくつか収集できたが、たいした成果は上がってない」

顔の汗をタオルで拭《ぬぐ》うと、福原班長は冴《さ》えない顔で答えた。

「アリシアなら狭いところへも入れますから、なにか見つけるかもしれないですよ」

小川はアリシアの背を撫《な》でると、リードを外した。

「へぇ、こいつがアリシアか」

「福原さん、知ってるんすか」

「鑑識じゃ有名だからな。そっちの美人の先生と並んで」

福原班長は夏希を見て笑った。

志村刑事もはっとした表情で夏希を見た。

県警内で知名度が上がるのはあまり嬉《うれ》しいことではなかった。

「どうも、科捜研の真田です」

「優秀なんだってね。今回も活躍期待してるよ」

福原班長は明るい笑顔を浮かべた。

「ありがとうございます」

夏希は素直に頭を下げた。

小川はアリシアの肩に手を置いて、テトラポッドを手で指し示した。

「ゴォ！」

アリシアはしゅるっと小川のかたわらを抜け出すと、ぱっと堤防から飛んでテトラポッドに乗り移った。

「最近の真田は神出鬼没だな」

ようやく小川は夏希に言葉を掛けてきた。

「本部からの無線が入って、すぐに水上署を出てきたんだ」

「現場主義は悪いことじゃない」

上から目線で小川は言ったが、すでにこの程度のことで腹は立たなくなっていた。

「ありがとう。これからもできるだけ現場を踏むようにしようと思ってるの。今までの事件でも実際に現場を見たことでたくさんのヒントをもらえたから」

「へぇ、そんなものかい」

「認知心理学的に言えば、プライミング効果があるのだと思う」

「なんだいそりゃ？」

「意味的関連のある先行刺激によって先に行ったある処理が、次に行うほかの処理に対して促進的な効果を及ぼすこと」

「よくわからんぞ」

小川は眉間にしわを寄せた。

「意味的に関連のある先行刺激によって、後行のターゲット情報の処理が促進されるわけ……たとえば、会話のなかで果物の話をしていたとすると、その後に『赤』という色に出会った段階でりんごやいちごを思い浮かべやすいわけね。わたしが現場を見ていることで、後に犯人像が浮かんでくることが多い気がするのね」

非常に大雑把だが、詳しい説明には時間を要するので仕方がない。プライミング効果はまだ研究途上にある概念で、認知心理学的研究と神経科学・脳科学的研究との今後の連携が期待されている領域である。

「そいつは単なる予断じゃないのか」

「マイナス面から見ればそうだと思う。でもね、人間の脳は潜在意識において顕在意識の何倍もの働きをする場合が少なくないと考えられているの」

「ふぅん」

小川はさして関心がなさそうにかたちだけうなずいた。

しばらく経つとアリシアが何かをくわえて戻ってきた。

堤防の上に上がったアリシアは得意げに尻尾を振って小川の顔を見上げた。

「おっ。アリシアがなにか見つけたぞ！」

小川は喜びの声を上げてアリシアの口から収穫物を受け取った。

夏希も小川も、福原班長も志村刑事も、小川が手にしている物体に見入った。

黒い樹脂でできたひしゃげたその物体は、何かの部品のように見えた。

いったい何だろう……。

「こいつはもしかすると……ドローンのプロペラなんじゃないか」

目を凝らして見入っていた福原班長が顔を上げた。

夏希はハッとした。なるほど、そのようにも見える。

「その可能性はありますね。まぁ、ここに番号が入っているから、科捜研で調べてもらえりゃすぐにわかりそうだけど」

小川は樹脂に小さく刻まれた英数字の文字列を指さした。

「この海べりはドローンを使って遊ぶ連中が多いんです。今日は天気もよくて朝から何機か飛んでいたように思います。間違って落として壊した人間がいるかもしれませんね」

志村刑事が思案顔で言った。

「志村さんは、事件とは関係しないかもしれないと言いたいのか」

福原班長の言葉に志村刑事はあわてて首を振った。

「いや、決してそういうわけじゃないんですが」

「さっさとアリシアがくわえてきたんだから、火薬の臭いに反応しているはずだ」

小川は自信ありげに答えた。

飛行するドローンは見たことがなかった。YouTubeなどにアップされている動画を見たことはあるが、夏希にドローンに対する知識はほとんどなかった。

「事務所にいたこのマリーナのスタッフは、ドローンの飛来に気づかなかったのでしょうか」

夏希の問いに福原班長はかるく首を横に振った。

「今日は朝からプレジャーボートがさんざん出入りしている。向こう岸のシーボニアもそうだ。ドローンのモーター回転音はそれほどうるさいものではないし、気づかなかったかもしれんな」

「ドローンって法的な規制はないんですか」

「空港周辺、人口集中地区や国の重要な施設であるとか、外国公館、原子力事業所などの上空、あるいは百五十メートル以上のエリアでは規制されています。このような場所で飛ばす場合には、国土交通省の許可が必要となります。このあたりの低空は規制に引っかからないので、海やマリーナの景色などを小型のムービーカメラで撮影する人間は少なくないですね」

志村刑事が答えた。刑事課が直接扱うことはあまりないだろうが、ドローンの規制に関する基本的な知識は持っているようだ。

「操縦していた犯人は誰かに目撃されているのではないですか」

夏希の問いに福原班長は首を傾げた。

「どうかな？　犯人がこの周辺にいたとは限らないさ。たとえばあの……」

福原班長は、振り返って背後の崖《がけ》を指さした。

「崖の上の畑あたりからコントロールしていたとすれば、あたりにはほとんど人がいない。仮に目撃者がいたとしても、このマリーナを狙ってるとは誰も思わない」

夏希は驚きの声を上げた。

「あの崖の上なんて、そんなに遠くからコントロールできるんですか」

ここへ来る途中で崖上にはひろびろと大根などの蔬菜《そさい》畑がひろがっていたのを見ていたが、はるかに遠かった。

福原班長は軽くうなずいた。

「あんな場所から電波が届くんですか」

「最近のドローンはスマホでコントロールできるものが多い。その場合にはＷｉ－Ｆｉの電波を使うんだけど、まぁ、直線距離で一キロ以上は余裕で大丈夫だ」

小川がアリシアの背中を撫でながら答えた。

「そんなに遠くまで！」

夏希は驚きの声を上げた。

崖まではせいぜい三百メートルくらいだろう。

「アメリカのサイトには六キロ飛ばした話が書いてあるけど、まぁ、ふつうは二キロは厳しいね。一・五キロくらいが限界かな」

驚きである。舞岡駅から戸塚駅だって直線距離にしたら、その程度なのではないか。

「でも、そんなに遠くだとドローンの機体は見えないでしょ？」

北海道にいたときに、大沼《おおぬま》公園あたりで時々見かけたラジコン飛行機は、機体を目視しながらコントロールしていた。

「目視してなくても搭載してあるカメラの映像をモニターしていれば、遠方からコントロールできるんだ」

「なるほどね。それでこのテトラポッドに着陸させて、携帯電話で爆発物のスイッチを入れたら、今回の犯行は可能ね。ところで、ドローンって免許はいらないの？」

「免許制度はないよ。二百グラムを超える機体重量の場合には、さっき話に出ていた人口集中地区などのほかにもいろいろと規制が出てくる。でも、極端な違反でなければ、なかなか取り締まることができていないのが実情だね」

小川の言葉に志村刑事は顔をしかめた。

「所轄は恒常的に人手不足です。そのうえ、ドローンの取り締まりを強化しろなんて話が出てこないことを願うばかりですよ」

ドローンによる大きな事故などが起きて、規制強化の声が世間にひろがらないことを祈るばかりだ。警察は割を食うことになる。

「小川くん、ドローンのこと詳しいのね」

「いや、ちょっと興味があってね。そのうち買おうかと思ってたんだ」

「へぇ、買ってどうするの？」

「どうするって……非番の日に海でも出かけて飛ばそうと思っているだけだよ」

小川はちょっと照れたような笑いを浮かべた。

なんとなく意外だった。

「ドローンで爆弾なんて重いものを運べるの？」

「今回の爆発物は破壊力から見て、たいしたものじゃないね。軽くて量的にも小さいもののような気がする」

「やっぱりデモンストレーションね」

「ああ、先ほどもそうおっしゃっていましたね」

志村刑事がうなずいた。

「レッド・シューズを名乗る犯人は、横浜市長のカジノ誘致撤回を要求するための脅迫の道具として、昨日の山下埠頭《ふとう》とこの爆発を起こしたのです。いざとなればもっと大きな被害を出すぞと脅しているのに違いありません」

「だから軽微な爆破でもじゅうぶんだったというわけか」

福原班長がうなった。

そのとき、夏希のスマホが鳴動した。

「真田か、いま三浦の現場か？」

福島一課長の声だった。

「はい、初音マリーナの桟橋にいます」

「そのまま、江の島署に行ってくれ……略取誘拐事件だ」

夏希は自分の耳を疑った。

「略取誘拐事件ですって……わたしが行くんですか？」

いままで、夏希は略取誘拐事件などに呼び出されたことはなかった。

「犯人を名乗っているのは、レッド・シューズなんだよ」

「そんな……」

語尾がかすれた。

　レッド・シューズは誘拐事件まで起こしたというのか。

「それで被害者は？」

「ヨコハマ・ディベロップメントという大手開発企業の役員だ。神奈川県内では一、二を争う開発事業者で、たくさんのホテル、マリーナ、ゴルフ場などのレジャー施設を開発して運営している。箱根《はこね》や湯河原《ゆがわら》などでは別荘事業も展開している」

　夏希には犯人の意図がわかった。

「カジノ開発と関連のある会社なんですね」

「その通りだ。ヨコハマ・ディベロップメントは横浜カジノ構想を中心になって推進している企業のひとつなんだ。犯人からは脅迫メッセージが県警本部の投稿フォームに届いた。いま真田がいる初音マリーナも同社が経営している」

　犯人の意図はよくわかった。

　しかし、なぜ、爆破だけではなく、犯人は誘拐などという手段を使ったのか。

「江の島署に帳場が立つから参加してほしい」

「はい、すぐに江の島署に向かいます」

　夏希の声もこわばらざるを得なかった。

「行きに乗ったパトカーを使っていいぞ。江の島署に着いたら、パトカーはこっちへ戻せ。詳しいことは指揮本部で聞いてくれ。佐竹管理官がそっちに向かっている。言うまでもないが、こちらとの連絡を密にするように」

電話はそこで切れた。

夏希の背中は震えた。

いつもとは違う緊張感が身を包んでいた。

シーボニアから白い波を蹴立《けた》てて大型クルーザーが出航してゆく。青い海面に続く白い航跡がまぶしかった。

第三章　ＳＩＳのピューマ

【1】＠二〇一九年十二月十五日（日）

久しぶりの江の島は日曜の午後とあって、たくさんの観光客の姿であふれていた。隣接する新江ノ島水族館のエントランス付近もカップルや家族連れで賑《にぎ》わっている。歩道をそぞろ歩く人々をかき分けるようにしてパトカーは駐車場に入った。ずっと運転してくれた横浜水上署員に礼を言って夏希はクルマから降りた。

江の島署は、新江ノ島水族館の西側に建っていて反対側は片瀬西浜《かたせにしはま》海水浴場の広い駐車場、その隣は県立湘南《しょうなん》海岸公園となっている。藤沢《ふじさわ》市、鎌倉《かまくら》市、茅ヶ崎《ちがさき》市、逗子《ずし》市、葉山町の海沿いの地域を管轄している。

エレベータで指揮本部が設けられている四階に上がった。

略取誘拐事件では捜査本部ではなく、指揮本部が立つ。今回は水上署の特別捜査本部の変則的な前線本部となるはずである。ちなみに略取とは暴行・脅迫を手段とするものを言い、誘拐とは偽計・甘言を手段とするものを言う。

大会議室には何らの張り紙も出ていなかった。

間に合わなかったのか、捜査本部ではなく前線本部だからなのか、夏希にはわからなかった。

すでに会議室内にはテーブルでいくつもの島が作られていた。窓際後方には無線機や有線電話が並べられたテーブルも設置されている。多くのテーブルにはPCが起ち上がっている。

おととしの夏のシフォン◆ケーキ事件の時よりも空きスペースが多かった。水上署の特別捜査本部よりもかなり小規模な陣容と思われた。

すでに三十人を超える私服・制服の捜査員が席に着いていた。さらに次々に捜査員が入って来るが、見知った顔はいない。

奥にひろがる窓からは、青々とした海と、くっきりと濃い緑の江の島がよく望める。

夏希は入口付近に立っていた制服警官に声を掛けた。

「あの、科捜研の真田ですが」

「ご苦労さまです。あちらの島へどうぞ」

制服警官はかるくあごを引くと、会議室前方の島を指さした。いちばん窓際のひとつのテーブルでPCが起ち上げられていた。

右側隣の中央の島を見て夏希は目を見張った。

ふたつのテーブルが合わせられたその席には、濃紺のアサルトスーツに身を包み、黒い耐刃防護ベストを身につけた六名の捜査員が座っていた。誰もが引き締まった身体付きで目つきの鋭い男たちである。ものものしい雰囲気が、矢のようにテーブルから放たれている。

（特殊犯捜査係だ……）

ＳＩＳと略称される神奈川県警察特殊犯捜査係は、刑事部捜査一課の下に置かれ、誘拐・立てこもり事件について専門の特殊訓練を積んでいる。

シフォン◆ケーキ事件では、織田の判断で略取された夏希を救うために投入された。

科捜研と同じ刑事部に属する組織だが、その一団を間近で見るのは初めてだった。

その精悍《せいかん》な姿に気圧《けお》され、なんとなく心細くなって、夏希は後ろのほうを見た。

最後列の島にどっかりと座っている四角い顔の四十年輩の茶色いスーツの男は、ほかならぬ加藤巡査部長だった。

江の島署の刑事課員なのだから、参加していて当たり前なのだが、夏希は嬉《うれ》しくなった。かたわらに立ってしきりと加藤に話しかけている黒いスーツの若い男は、捜査一課の石田三夫巡査長だった。

幹部や管理官が到着していないので、会議はまだ始まらないと思われた。夏希は立ち上がって二人の島へと歩み寄っていった。

「加藤さん、石田さん。こんにちは」

二人はいっせいに夏希の顔を見た。

「おっ、真田先輩もご出馬ですか」

石田は唇の端に笑みを浮かべて明るい声を出した。

「なんだ……真田か」

加藤は無愛想な声を出したが、これはいつものことだ。

「石田さんと加藤さんがいてよかった。知ってる人がいないから」

夏希の言葉に石田は大きくうなずいた。

「福島一課長も、佐竹さんも小早川さんも特捜本部のほうに取られちゃってますからね」

「まぁ、こっちはどうせ前線本部だからな」

加藤は渋い顔をした。

「でも、俺たちはどうせすぐに葉山に行かされますよ」

「そうだな。本部なんてのは真田たちお偉いさんの居残る場所だ」

「そんな嫌みを言わなくてもいいでしょ」

夏希は冗談半分に加藤に苦情を言った。

「嫌み？　違うな。俺はこんな辛気くさい会議室に籠《こ》もるなんてごめんだ。こんなにいい天気なのにカンヅメになる真田がかわいそうだって言ってんだよ」

加藤はにやっと笑った。

「まぁ、俺も本部詰めなんてカンベンですね。まだ、加藤さんと組まされて覆面でドライブしてるほうがマシですよ。まぁ、いつかは嫌でも本部詰めになるかもしれませんがね」

「おまえ、本部に行ったらすっかり上から目線だな」

「あれ、そんなことないっすよ」

この二人はいつもこの調子だ。なんだかんだ言っても気が合っているのだろう。

会議室の入口に人影があらわれた。

夏希はあわてて元の島に戻った。

いちばん最初に入って来たのは、制服姿の定年近い年頃の白髪の男だった。

以前この本部で会ったことがある江の島署の署長だった。

続いて佐竹管理官と、同年輩の二人の黒っぽいスーツ姿の男が入って来た。

(佐竹さんだ……)

夏希は安堵感《あんどかん》を覚えた。

三人はいちばん前に設《しつら》えられた幹部席に次々に座った。

最後にアサルトスーツにキャップをかぶった背の高い女性捜査官が入って来て、隣の中央の島に座った。

夏希より少し歳上か。引き締まった肢体が美しい。ピューマとかジャガーとかチーターとか、そんなネコ科のしなやかな猛獣を連想する凛々《りり》しさを持つ女性だった。

「起立っ」

どこかから号令が掛かった。

江の島署長が口火を切った。

「昨日の横浜市内と、本日の三浦市内で発生した連続爆破事件の犯人を名乗る者から、会社役員の男性を誘拐したとのメッセージがネットにアップされた。本部としては、爆破案件と略取誘拐案件を同一犯によるものと判断して、横浜水上署の特別捜査本部を特別捜査・指揮本部と変更し、昨夜当江の島警察署に設置していた略取誘拐事件指揮本部を、特捜本部の下に前線本部として位置づけることとなった。前線本部長は黒田刑事部長が兼任し、副本部長は江の島署長のわたしがつとめることとなった。当前線本部は水上署の特捜・指揮本部の指揮の下、刑事部捜査一課の佐竹義男管理官に統括してもらう」

署長が顔を向けると、佐竹管理官があごを引いた。

捜査主任は水上署に詰めている福島一課長で、この前線本部を率いるのは佐竹管理官となるようだ。江の島署長は前線本部に常駐することはないだろう。

「さらに、刑事部捜査一課特殊捜査担当の片倉景之《かたくらかげゆき》管理官が佐竹管理官を補佐する」

もう一人のスーツの男が頭を下げた。年齢は佐竹管理官と同じくらいか、痩《や》せ型で背が高い。

細長い顔の中で光る鋭い両眼が特徴的だった。

管理官は警視の就く職だが、片倉が補佐役に廻《まわ》ると言うことは佐竹が先任なのだろう。

「捜査員諸君の力を尽くして一刻も早く被疑者を確保し、事件を解決してほしい」

署長があいさつを締めくくると、佐竹管理官が続けて口を開いた。

「昨夜の推定二十二時前後、三浦郡葉山町下山口《しもやまぐち》の別荘から石川貞人《いしかわさだひと》さん五十七歳が何者かに略取された。石川さんはヨコハマ・ディベロップメントの専務取締役だ。同社は、横浜カジノ構想を中心になって推進している企業だ。さらに本日の十二時十三分、巨大ＳＮＳの《ツィンクル》にレッド・シューズを名乗る者から次のメッセージが投稿された」

夏希が水上署を後にしてすぐだ。

プロジェクタのスクリーンに、ツィンクルの画面が表示された。


——初音マリーナの爆破はいかがだったかな？　我々は次なる手段として横浜カジノ構想を推進しているヨコハマ・ディベロップメントの石川貞人専務を誘拐した。二十四時間以内すなわち明日《あした》正午までに横浜市長がカジノ誘致を撤回しない限り石川専務の生命はない。二度の爆発で懲りたはずだ。ただちに撤回声明を発表しろ。

レッド・シューズ

（やっぱり読点がない……）

すぐに夏希は最初のメッセージとの共通点に気づいた。

「このメッセージの発信元は国際テロ対策室で解析中だが、特定には時間が掛かるとのことだ。ところで、石川さんの略取誘拐の犯行を認知したのは昨夜十時過ぎだ。詳しい経緯については片倉管理官から」

佐竹管理官の言葉を片倉管理官が引き継いだ。

「昨夜の二十二時十一分、石川貞人さんが誘拐されたらしいとの一一〇番通報があった。通報者は、石川さんの友人で横浜市内の高級クラブ『クレセント』のホステス山口美菜《やまぐちみな》さんという二十三歳の女性だ。山口さんの訴えによると、昨夜、二十二時二分、次のメッセージが、コミュニケーション・ツール《iコネクト》を使って山口さんの携帯に送られてきた」

スクリーンの画面が変わった。

――石川貞人を誘拐したから別荘に行ってみろ

「実は山口さんは当夜、石川さんと会う予定になっており、犯人からのメッセージが入った時点では一キロ西の地点でタクシーで別荘に向かっている途中だった。別荘に到着し石川さんから預かっていたスペアキーで開錠して山口さんが室内に入ったところ、室内には何ヵ所かに電灯が点《つ》いていたが、石川さんはいなかった。さらに石川さんが自分で運転してきた自家用車もカーポートに停まっていた。送信元の《iコネクト》アカウントは石川さんのものだった。驚いた山口さんはすぐに石川さんの携帯に電話したがつながらず、犯人の言葉を信じて一一〇番通報をしたというわけだ」

夜の十時に遊びに行ったということや、別荘の鍵を持っているという点から見ても、山口美菜という女性は石川貞人の恋人なのだろう。だが、片倉管理官はとくにその点には触れなかった。

「一一〇番通報を受けて、近隣交番から地域課員が急行したところ、山口さんが別荘におり、訴えの通りに電灯が点いている状況だった。室内には争ったような形跡はなかった。その後、江の島署刑事課から石川さんの自宅に電話を入れた。夫人の話では、石川さんは金曜日の夕方から二泊別荘に宿泊する予定となっており、帰宅は日曜日、すなわち今日の夜の予定だということだった。また、本部と江の島署の鑑識課が証拠収集したが、犯人のものと思われる遺留品や現場で採取した指紋で登録指紋と一致するものは発見されていない。この《ｉコネクト》の犯人からのメッセージは石川さん自身の携帯端末を使用して発信したものであることが判明している。送信時端末のＧＰＳ機能はオフにしてあったが、葉山町堀内《ほりうち》の基地局を経由して発信されていることが判明している」

夏希はかつて小早川から聞いた話を思い出していた。

携帯電話の基地局がカバーするサービスエリアをセルと呼ぶ。このセルは使用人口の多い都市部では数百メートルの範囲なので発信元の特定は容易だ。捜査員を急行させることにより、犯人を確保することも難しくはない。

しかし、葉山町のような郊外では事情が異なる。郊外ではセルの範囲は数キロに及ぶ場合も少なくない。基地局がわかったとしても、直ちに発信地点を特定できるわけではない。犯人は携帯電話網の特徴をよく知っていて、捜査の盲点を突いているのかもしれない。

「さらに次のメッセージと写真が午前零時三十二分に山口さんの携帯の《iコネクト》アカウントあてに送信された。こちらも同じく葉山町堀内の基地局からだ」

——石川貞人の生命を預かっている証拠に画像を送る

夏希は自分の喉《のど》が鳴るのを感じた。

画像は猿ぐつわを噛《か》まされた壮年の男のバストアップだった。

あまりにも生々しい。

顔中をくしゃくしゃに歪《ゆが》めて恐怖におののいている。

会議室にもどよめきがひろがった。

「この写真の人物は間違いなく石川貞人さんであると判明している。残念ながら、背景はアプリを用いて消去してあるが、撮影した携帯は石川さんの所有スマホと確定している。なお、このメールと画像を受信した山口さんのスマホは、次の犯人からの接触の可能性があるため、当前線本部で預かっている」

科捜研で元画像の復旧作業を行っているはずだ。しかし、背景が復旧できたからと言って、直ちに監禁場所の特定につながるものでもない。

「県警本部では石川さんが何者かに略取誘拐されたものと判断して、本日の午前二時、江の島署に指揮本部を設置した。現在まで刑事部捜査一課と江の島署刑事課で、石川さんが略取された際の目撃者がいないかどうかの地取りを中心に捜査を進めていた。なお、犯人からの電話等に備えて中区のヨコハマ・ディベロップメント本社と石川さんの自宅、さらに葉山町の別荘にはそれぞれ二名ずつの訓練を受けた特殊犯捜査係員を配置してある。山口さんへの二度のショートメールの後、犯人からは夫人を含めて一切の接触がなかった。ところが、本日の昼になって先のメッセージが《ツィンクル》に投稿された」

片倉管理官が軽くあごを引いて合図を送ると、佐竹管理官がうなずいて引き継いだ。

「このメッセージは、初音マリーナの爆破後十三分という短時間のうちに発信されている。爆破場所を特定していることから見ても、レッド・シューズを名乗る爆破事件と同一犯の犯行と判断せざるを得ない。このため、県警本部では水上署の特捜本部と江の島署の指揮本部を連携させることとした。本事案は略取誘拐事件としてはきわめて特殊な性質を持っている。第一に犯人が家族ではなく交際している友人の山口さんに最初の接触をしてきていること、第二に事件発生と推定される時刻からおよそ十四時間も犯人から何らの要求もなかったこと。第三に三度目の接触が《ツィンクル》へのメッセージの投稿というかたちでなされていること、第四にこれがいちばん重要な点だが、犯人が金品ではなく横浜市長によるカジノ構想の撤回を要求していることである」

会議室は外の波の音が聞こえるほどに静まりかえっている。

「今後の捜査方針であるが、レッド・シューズが政治目的の要求をしている以上、石川さんはヨコハマ・ディベロップメントの役員という立場にあるために略取誘拐されたものと判断せざるを得ない。従って、石川さんの個人的なつながりを洗っても鑑は薄いと考えられる。ただし、犯人が石川さんと山口さんの交際について知っていたことから、ある程度の鑑がある可能性は否定できない」

被害者の人間関係を洗い出して、動機を持つ者を探し出す捜査を鑑取りまたは識鑑という。犯人との関わりが強いと考えられる場合を「鑑が濃い」といい、反対の場合を「鑑が薄い」という。むろん、刑事用語である。

「そこで、捜査員を三つに分ける。第一班は捜査一課強行犯係と江の島署刑事課の捜査員だ。葉山町の現場付近の聞き込み捜査に当たる。その際には石川さんの別荘付近の監視カメラ、および駐車車両のドライブレコーダーなどの映像資料の収集にも留意してほしい」

車上荒らしや当て逃げなどの対策用に駐車監視機能付きドライブレコーダーを搭載する車両が増えている。エンジンが作動していない間も録画を続ける機種である。二十四時間の映像記録が残るので、逃走する犯人や車両の姿が偶然に映り込んでいることも少なくないと聞いている。

「第二班は江の島署のほかの部署の捜査員、および藤沢署、鎌倉署、三崎署から応援に来た者から構成する。近隣自治体の海沿いを中心に広域にわたって地取り捜査を進める。また、第三班は捜査一課特殊犯捜査係の捜査員だ。当前線本部でいままでの事件経過の分析に従事しながら犯人からの接触に備える。また、指揮本部の捜査員が石川さんの鑑取りに当たることになっている。我々は犯人の確保にも優先して、まず第一に、石川さんの身柄確保に全力を注ぐべきだ。なにか質問のある者はいるか？」

佐竹管理官は会議室内を見回した。

「はぁい」

とぼけたような声に振り返ると、片手のボールペンを宙に上げた加藤が立ち上がった。

「なんだ、加藤？」

「いや、犯人確保のためだったら何でもやりますよ。しかしね、葉山町中の駐車車両のドライブレコーダーの持ち主と交渉してＳＤカードなどの記録媒体を提出させるとなると、大変な時間が掛かります。そんな悠長なことをしている間に、石川の身に何かあったらどうするんですか。そうでなくとも誘拐から十五時間も経っているんです。いまも管理官は犯人確保以上にマルタイの身柄の安全を優先させろとおっしゃいましたよね。その通りですよ。だからこそ、いまはもっとポイントを突いた捜査が優先すると思うんですよね」

相変わらず毒のある口舌だが、言っていることは正論だ。

「じゃ、加藤はどんな捜査を優先させろと言っているんだ？」

「やはり、石川の鑑取り、それから山口ってホステスの鑑取りを優先させたほうがいいと思うんですよ。こいつはただの誘拐犯じゃないんです。連続爆破犯で、しかも、政治的要求をしている人間です。用意周到に計画を練っていると思うんですよ。となると、ちょっとやそっとの地取りで、明日《あした》の正午までに犯人の尻尾《しっぽ》をつかめるとは思えないんですよね」

「そっちの捜査は指揮本部が担当するので心配するな」

佐竹管理官は諭すような口調で答えた。

「へぇへぇ、わかりました。ともかく地取りをやりますよ」

加藤はふてくされたように座った。

それきり質問は出なかった。

「本事案が、営利目的の略取誘拐事件とは大きく性質が異なることを認識して、情報の収集と解析に最大限の努力を図るように。捜査員の総力を挙げて一刻も早く石川さんを安全に保護しなければならない」

江の島署長が力強く言って、捜査会議は終了した。

夏希はどの班にも所属しないわけだが、当然ながら第三班とともにこの前線本部で職務に当たることになるはずだ。

三つの班に分かれた捜査員たちに、二人の管理官と江の島署の刑事課長が細かい捜査指示を出した。

ミーティングが終わると、最初に署長が退出し、捜査員たちは三々五々会議室を出て行った。

ＳＩＳの隊員たちはそれぞれがＰＣに向かって作業を始めた。

何か声を掛けたくなって、夏希は出て行こうとする加藤を呼び止めた。

「加藤さん」

「なんだよ？」

「昨夜からこっちで略取誘拐の捜査してたの？」

「ああ、五十人体制でやってたよ。遠いところで捜査している連中はここに戻っていないんだ」

加藤は生あくびをかみ殺した。ろくに寝ていないに違いない。

「ちょっと少人数なんじゃないの？」

「多くの市民を危険にさらす爆破犯を追っかける方が先決だからな。一人の人間が誘拐された事案はどうしても後回しになるんだろう」

加藤は唇の端を歪めて笑った。

「そんな……人ひとりの生命が掛かっているのに……」

「まぁ、こっちの犯人がレッド・シューズと判断されてよかったよ」

加藤の言葉に驚いて夏希は訊《き》いた。

「どういうことですか？」

「そうでなければ、昼の初音マリーナの爆発の一件で、こっちの陣容はさらに削られたかもしれん。ま、こっちは靴底すり減らすのが仕事だからな。とにかく真田の活躍に期待してるよ」

加藤は踵《きびす》を返し、出口で待つ石田のほうへ大股《おおまた》に歩み去って行った。

「真田、ちょっと来てくれ」

佐竹管理官が声を掛けてきた。夏希もこの指揮本部でどのような任務に就けばよいのかを聞こうと思っていたところだった。

「佐竹さん、お疲れさまです」

「ああ、指揮本部のほうには刑事部から別の管理官が補充された。向こうの捜査状況を知っている俺がこっちを仕切ることになった」

「佐竹さんの仕切りなら安心です」

佐竹管理官はちょっと笑みを浮かべると、かたわらのアサルトスーツ姿の女性捜査官を手で指し示した。

「紹介しよう。特殊犯捜査四係主任の島津《しまづ》だ」

「島津冴美《さえみ》です」

上体を傾けてあいさつした冴美は、顔を上げると夏希の瞳《ひとみ》を真っ直ぐに見据えた。

卵形の小顔に鼻筋の通った美女であるが、切れ長の両眼に宿る目ヂカラが尋常でない。きりりと引き結ばれた薄めの唇は強い意志の力を感じさせる。

キャップとヘッドセットがよく似合って、凜々《りり》しい。

夏希よりはいくつか年上のように見えるが、四十歳には遠いと思われる。この若さでノンキャリアが警部補に任官するというのは、もっとも早い出世コースといえよう。

しかも特殊犯捜査係は県警切っての精鋭部隊だ。その主任を任されているのだから、冴美は心身ともに優秀な捜査員であることは間違いない。

自分を捉《とら》えて離さない視線に、夏希はわずかに息苦しさを感じた。

「こっちは科捜研主任で心理分析官の真田だ。島津と同じ警部補だ」

「真田です。はじめまして」

夏希はにこやかな笑みを浮かべて目いっぱい愛想よくあいさつした。

「お噂はかねがね……臨床心理学がご専門とか」

冴美は表情をゆるめて口もとに笑みを浮かべてくれた。

ようやく夏希は息を吐くことができた。

「はい、臨床心理学と脳生理学、精神医学を学んで参りました」

「いろいろとご指導下さい」

言葉少なく冴美は辞儀を述べた。

「とんでもないです。捜査経験が少ないので、こちらこそよろしくお願いします」

如才ないあいさつをとりあえず夏希は返した。

冴美はあいまいな笑みを浮かべただけだった。

「わたしは特殊捜査担当として来ていますが、この春、第一方面本部管理官から異動になったばかりです。わたしより島津のほうが略取誘拐犯の対処には慣れています」

片倉管理官は、冴美に太鼓判を押した。

「残った者でミーティングしよう。みんなこの島に集まってくれ」

佐竹管理官の呼びかけで、会議室に残った捜査員が窓際の島に集まった。

「すでに二件の爆破事件と誘拐事件はマスメディアによって報道され、世間は大騒ぎになっている。世論の大多数は犯人を憎む論調だが、横浜市長がカジノ構想を撤回すべきだという意見も少なくない。少数ながら犯人に好意的な論調すら見られる」

佐竹管理官は唇の端を歪《ゆが》めて言葉を継いだ。

「二度目の爆発を防げなかった我々を非難する投稿も多い。二度の爆発で幸いにも負傷者が出なくて助かったが、誰かが怪我をすれば、警察批判は激しいものとなろう」

片倉管理官が肩をすくめた後で訊いた。

「京極市長は会見を行うのでしたよね」

「うん、まだ世間には発表されてないが、明日の午前十時からを予定している」

「すでに方針は固まっているのでしょうか」

「俺なんぞのところまではまだ下りてきていないさ。だが、テロには屈しないというのが、政府の方針であり、国際的な常識となっている、ここでカジノ構想の撤回を表明するわけにはゆくまい」

「もともと反カジノ派に責め立てられている京極市長としては、実に苦しいところですね」

「そうだろうな。市民を爆弾の恐怖にさらし、石川という男を生命の危機に追いやってまでカジノを誘致する意味があるのか、そんな世論が沸き起こるだろう。次の選挙のことを考えると京極市長は気が気ではあるまい。まぁ、いずれにせよ、俺たちが考えるレベルのことじゃない」

「そうですね。我々は政治に携わる立場ではありませんからね」

片倉管理官は小さく笑った。

織田の立場なら政治的なダイナミズムに影響される。彼は官僚であり、ここに揃っている人間たちは捜査官に過ぎない。

その事実が夏希にはなんとなく嬉《うれ》しかった。嘘やごまかしが苦手な自分には政治の世界は、あやかしの棲《す》む魑魅魍魎《ちみもうりよう》の飛び交う場所のように感じられた。

佐竹管理官は夏希に向き直って言った。

「真田はネットで犯人への呼びかけを続け、メッセージのリプライに犯人と関わり合いのあるものがないかどうかをチェックしてくれ。また、指揮本部の小早川と連携して過去に横浜カジノ構想に反対する過激な投稿をしている者がいないかどうかの確認を続けてほしい」

「わかりました。その職務はもちろん続けますが、指揮本部でもできます。ほかに、ここでしかできない仕事はありませんか」

「略取誘拐事件というのは、被害者が連れ去られた場所の近くで、次の動きがあることが多いのです。前線本部にいてこそ、迅速な動きがとれるのです」

冴美がいささかきつい声音で言い放った。

発言を咎《とが》められたような気がして夏希は首をすくめた。

「そうなんですか」

「略取誘拐犯は拘束場所の付近に土地勘がある場合が多いのです。また、人一人を長距離にわたって誰にも気づかれずに移送することはきわめて困難です。そのため、拐取して監禁している場所も連れ去った現場からそう遠くないことが少なくありません」

「なるほど……」

SIS主任の冴美は、略取誘拐事件について詳しい知識を持っているのだろう。夏希は今回の事件において、自分が果たせる役割に不安を覚えた。

「地取りで短時間に監禁場所に辿《たど》り着くのは困難だという、さっき加藤が言っていたことにも一理ある。しかし石川の自宅も会社も横浜の中心部だ。鑑取りは指揮本部の連中に任せたほうがいい」

「お言葉の通りだと思います」

片倉管理官がうなずいた。

「せめて犯人がどんな手段を使って石川の身柄を運んだのかがわかれば、探しようもあるのだがな。たとえば、クルマのナンバーがわかれば、Ｎシステムを使う手もある」

佐竹管理官は眉間《みけん》にしわを寄せた。

Ｎシステムは、警察機関が道路に設置している自動車ナンバー自動読取装置を指す。交通検問による渋滞を防いで、逃走した容疑車両を捕捉して犯人を検挙することを目的として、主要国道や高速道、あるいは都道府県庁付近や県境など全国に千数百ヵ所設置されている。

とはいえ、すべての逃走車両が捕捉できるわけでないことは言うまでもない。

「佐竹管理官、非常に気になることがあるのですが……」

片倉管理官が気難しげな顔で口を開いた。

「気づいたことを言ってくれ」

「なぜ、犯人は山口美菜に誘拐の通告をしてきたのでしょう？　どう考えても美菜という女は、石川の愛人です。愛人あてに脅迫メールを送る犯人というのも不可解です。通常は夫人を脅迫するはずでしょう」

「二人の関係をよく知っている人物と言うことも考えられる」

「となると、美菜が本件に一枚嚙《か》んでいる可能性もないわけではありませんよね」

片倉管理官はあごに手をやった。

「片倉さん、その点についても手は打ってある。捜査員二名を張り付かせた。山口美菜におかしな動きがあれば、すぐにわかる」

「でも、こういうことも考えられませんか。石川さんの携帯端末を見れば、山口さんとの更新履歴やあるいはメッセージやメールのやりとりなどを見ることもできます。そこで親しい間柄の山口さんを選んで連絡を取ったのではないでしょうか。誘拐直後に山口さんが別荘に向かっていることも、犯人は知っていたわけですから」

夏希の言葉に佐竹管理官は軽くあごを引いた。

「山口美菜のスマホからはデータを抜き出してあって解析中だが、真田の言うことがいちばん自然な流れだろうな。要は警察への連絡役として美菜を使っただけなのだろう」

佐竹管理官は夏希の意見に賛同した。

「山口さんが犯人一味とつながってくれていればいいんですが、そんなに簡単な犯行の構造ではないと思います」

夏希は山口美菜というホステスが犯人とつながりがあるとは考えていなかった。美菜が犯人の一味という構造はいくらなんでも稚拙に過ぎる。いままでの緻密《ちみつ》な犯行態様から見て、犯人はそんなに簡単に尻尾《しっぽ》を出すはずはない。

片倉管理官も強いて反対はしなかった。ふつうの誘拐と違うという点を強調したかっただけなのかもしれない。

「爆破事案と石川の略取誘拐事案の全体について、真田は何か意見はないか」

佐竹管理官があらたまった顔つきで尋ねた。

「メッセージが四件と画像が一件だけです。まだ分析するだけのデータがありません」

何度か繰り返した言葉を夏希は口にした。

「かまわんよ。福島一課長はいつもこんな段階で君の印象を訊《き》いていた。それが事件の解決につながったことは何度もある」

冴美がちらっと夏希の顔を見た。

「わたしはいままで承認欲求を満たすための犯行に向き合うことが多かったと思います。しかし、今回の犯人の動機はいささか性質が違うように思います」

「なぜそう思うのかね」

「略取誘拐は、承認欲求を満たす手段としてはリスクが大きすぎます。それにもかかわらず、犯人は世間に対して二回しかメッセージを表明していません」

「いわゆる劇場型ではないと言うことか」

「ええ、もしそうだとしたら、今回の犯人も、世間に対してもっとたくさんの意見の表明をするはずです」

「そういえば、真田は以前、殺人犯に略取されたことがあったな」

佐竹管理官の言葉に、片倉管理官が反応した。

「そうでしたね。あの夏の事件では真田分析官は危機一髪だったんですよね」

「あのときの犯人、シフォン◆ケーキは、自分の人生の締めくくりとして、わたしと無理心中をしようとしていました。つまり破滅型です。しかし、今回の犯人の行動にはそういった性格は少しも感じられません。《ツィンクル》に投稿された二件のメッセージには文脈の乱れもなく非常に冷静で犯人の感情を読み取れません」

「どういうことか」

「《ツィンクル》に投稿された二件のメッセージにはきわめて理知的な性格を感じます。使用している語彙《ごい》から見てはっきりしていることは、犯人が高い教育を受けているはずだということです。爆破と誘拐の犯行自体も感情の発露を感じさせません」

「結論を言ってくれ」

「ひと言で言えば、用意周到に練られた計画を実行する利得犯だという気がするのです」

「利得犯……つまり、横浜カジノ構想が潰《つい》えることによって大きく得をする者、あるいはカジノが実現するとひどく損をする者の犯行ということか」

「ええ、そう思います。さらに二度の爆発で犯人が負傷者を出さないように気を遣っていたことが感じられます」

山下埠頭《ふとう》でも初音マリーナでも爆薬は人気のないところに仕掛けられていた。二度目の爆発についてメッセージでは「人命に危害を加える」「犠牲者を出してはならない」と脅していたのにもかかわらず、その脅迫はブラフだった。確定してはいないが、初音マリーナでドローンを使用した点から見ても、犯人は最初から負傷者を出すつもりはなかったように思われる。

「島津はどう思うか」

「分析できる段階ではありません」

冴美はきっぱりと言い切った。

「印象で構わんよ」

いささか戸惑っていた冴美は、両眼を光らせて答えた。

「わたしは組織的犯行ではないかと感じています。《ツィンクル》のメッセージの自称が『我々』であることは信用できません。ですが、略取誘拐の手際のよさや爆弾を用意していること、ＩＰアドレスの秘匿などグループの犯行を感じます」

「たしかに昨夜の二十一時五分に山下埠頭で爆発を起こし、ほぼ一時間後に葉山で石川を略取するというのは単独犯では困難だろう。いくら爆薬が携帯電話による発火式だとしても……」

佐竹管理官は大きくうなずいた。

この点については夏希にも異論がなかった。

「さらに言えば、反社会的勢力が関わっている怖れは強いと思います」

「暴力団か……」

「断言はできませんが、その可能性は低くないと思います」

「なぜ暴力団と考えるのか、教えてくれ」

「遺留品も目撃者も見つかっていません。略取誘拐をこれだけスムースに行えたことや、長時間にわたって石川さんを監禁し続けている点など素人の犯行とは考えにくいです。素人だと略取したものの、人質の扱いに困るのがふつうです」

「性犯罪者による誘拐などはとくにそうだな」

片倉管理官がうなずいた。

「ええ、その通りです。性犯罪者が欲望を満たした後に人質の扱いに困って殺害してしまうというパターンは枚挙に暇《いとま》がありません。死体となっても処分に困るのが人間ですが、生きている人質はもっと厄介です。騒がれないように、逃げられないように、死なないように人を略取誘拐し監禁するのは、素人には大変に難しいことなのです。なんと言いますか、相手がどうあれ平気の平左《へいざ》でいられるような犯罪慣れした犯人像を感じます」

最後の部分で冴美は吐き捨てるような口調に変わった。

「真田も暴力団が関与していると考えるか？」

佐竹管理官が訊いた。

「いえ……必ずしもそうは感じていません」

夏希の顔を冴美が見た。

「なぜですか。利得犯という真田主任のお考えと、暴力団の犯行という推察は矛盾しないと思いますが」

冴美の声ははっきりと尖《とが》っていた。

たしかに矛盾はしない。だが、夏希はプロの犯行という点にはどこか違和感を覚えていた。プロならば、リスクの大きい誘拐などの手段を用いなくとも、もっと効果的な爆破を行うことでカジノ構想撤回という目的を達成しようとするのではないだろうか。

だが、夏希はきちんとした反論ができなかった。

とりなすように佐竹管理官が口を開いた。

「暴力団の仕業となると、石川の発見には苦労しそうだな。奴らは監禁場所などいくつも確保しているはずだ」

佐竹管理官は苦い顔つきになった。

「しかし、希望を持てる側面もありますよ。二十四時間の経過で人質の生存率は大きく低下すると言われていますが、暴力団が利得だけを目的としているのであれば、その危険性はずいぶんと低くなると思います。石川さんを殺してしまえば、犯人は世間からの激しい非難を浴びます。本来の目的であるカジノ構想撤回の実現が難しくなりますからね」

「わたしも片倉管理官のご意見に同じです。犯人は二度の爆発で、負傷者を出さないように気を遣っています。世間からの激しい非難を浴びないように、巧妙にバランスを取って京極市長を脅迫していると思います」

言葉を発しながら、夏希は暴力団の線はないと感じていた。

暴力団ならばもっと荒っぽいやり方を用いるのではないだろうか。どこかためらいがちな犯行態様はやはりプロの仕業とは思えなかった。

「問題は犯人の予告した明日《あした》の正午だな」

佐竹管理官は眉間《みけん》にしわを寄せた。

「そうですね。タイムリミットと考えるべきでしょう。犯人はその時点で今回の犯行を失敗とみて、邪魔になった石川さんを殺害するかもしれません」

冴美が乾いた声で言った。

「島津、今後、レッド・シューズは我々に接触してくると思うか？」

佐竹管理官の問いに、冴美は一瞬、黙って考えた。

「わかりません。横浜市と接触するかもしれません。しかし、犯人が捜査の進行状況を察知したいと考えていれば、わたしたちに接触してくるでしょう」

「いままで犯人は音声電話を使っていないが、これからもSNSなどのメッセージで接触してくると思うか？」

「必ずしもそうは思いません。テキストのメッセージによるやりとりはタイムラグがあり、細かい意思のやりとりをするのには厄介なものです。このため、犯人が捜査の進捗《しんちょく》状況や、横浜市の態度などを知ろうとするのには向いていないです」

「島津さんの言うとおりです。でも……」

夏希は言葉を呑《の》み込んだ。

夏希がいままで接してきた犯人たちは、その厄介なことを好むタイプだったというわけだ。

「真田にはなにか意見があるのか」

佐竹管理官が訊《き》いた。

「テキストは自分の素性を覆い隠せるので、犯人はまだ使い続ける可能性はあると思います」

「それは否定できませんね」

片倉管理官はその場を取り繕うように言った。冴美は何も言わなかった。

そのとき、ＳＩＳ隊員の緊張した声が響いた。

「通信指令センターより入電。一一〇番に被疑者と思量される人物から着信がありました！　横浜市長との会話を要求しています」

「直ちにこちらへつなぎ、逆探知を急げ」

片倉管理官が声を張り上げた。

「島津、電話に出ろ。横浜市の担当者として対応するんだ」

「了解です」

冴美は驚くほど落ち着いた声で答えて、ヘッドセットの位置を整えた。

「さっきも言ったが、わたしはレッド・シューズだ。横浜市長と話したい。電話を転送してくれ」

会議室のスピーカーから奇妙な声が響いた。

不自然に低い耳障りで機械的な声音だった。もとの声が男性のものか女性のものかも判断することは難しい。

「ボイスチェンジャーを使っているな……この電話をリアルタイムで科捜研にもつなげ」

片倉管理官がＳＩＳ隊員に命じた。

科捜研にはこのように改変された人声をクリーニングする技術がある。すぐにクリーニング作業を開始するはずだ。

「市長は帰宅しました。わたしは横浜市のＩＲ誘致担当者です」

「ふふふ。女性警察官か」

レッド・シューズは含み笑いを漏らした。

「なにを言っているのですか」

「ＳＩＳにも女性がいたとはな」

「違います。わたしは……」

冴美の言葉をレッド・シューズは強い声で遮った。

「シラを切るなら電話を切るぞ」

「わかりました。わたしは県警の担当です」

冴美は少しも動ぜずに答えた。

「まぁいい……警察とも話したかったんだ。どうせ横浜市とお前らは情報を共有しているだろう。ＳＩＳの女警さんと話すとしようじゃないか」

夏希はレッド・シューズの落ち着いた話しぶりに驚いた。連続爆破を実行し、いま現在、石川貞人を監禁している人間の声とは思えぬほどだった。

ボイスチェンジャーでいくぶんわかりにくくはなっているが、話すスピードや声の抑揚は隠せない。

「その前にあなたがレッド・シューズさんであることを確認したいのですが」

冴美の言葉に、夏希はハラハラした。

「信じていないのかっ」

怒気がこもった声が聞こえた。

「いたずら電話も多いですから」

冴美の声は驚くほど冷静だった。

「わかった。いま、画像を送る」

レッド・シューズの声が終わらぬうちにＳＩＳの隊員が叫んだ。

「山口美菜さんの携帯に着信。《ｉコネクト》にメッセージです」

「スクリーンに映せっ」

片倉管理官が叫ぶと、スクリーンにさっき見たものと同じ石川の恐怖の表情が映し出された。

「どうだ？　その映像でわかるな」

「あなたがレッド・シューズさんであることを確認できました。あなたの希望を伺います」

「要求は何度も伝えているはずだ。京極市長のカジノ構想撤回表明だ」

強い口調でレッド・シューズは言い放った。

「いま京極市長と幹部職員、さらに関係各機関で協議しています」

「遅い！　早くしないと石川の生命《いのち》はないぞ」

「明日の正午まで必ず答えを出します」

「それは最終期限だ」

「最終期限とはどういう意味ですか」

「明日の正午までに撤回がなければ、県内で大爆発を起こす。大勢の死傷者が出るぞ」

「では、なぜ石川さんを誘拐したのですか」

これはかなり危うい言葉だと夏希は感じた。神奈川県民全体を人質にとっているのだから、石川貞人を人質に取る必要はないだろうという意味合いにも解釈できるからである。だが、レッド・シューズが、なぜ、連続爆破事件を起こしながらも石川を誘拐したのかは不思議であった。

「カジノ構想を中心になって推進するヨコハマ・ディベロップメントというけしからん会社に打撃を与えるためだ。仮に横浜市長がいったんカジノ構想を撤回しても、その後ふたたび誘致を始めても困るからな」

「なぜ、そんなにまでしてカジノ構想を止めたいのですか」

「あたりまえだ。賭博《とばく》常習者を増産し、横浜の町を汚すカジノなどを作らせるわけにはいかない」

「あなたは本当に横浜を愛しているのですね」

「そんなところで出身地や居住地を聞き出そうとしても無駄だ」

わずかな沈黙の後、冴美は静かに口を開いた。

「カジノ構想を撤回するという要求にお応《こた》えするための前提条件があります」

「前提条件だと？」

「直ちに石川さんを解放して下さい」

「それはできない」

「石川さん個人には何の責任もないはずです」

「そうかな？　ヤツはヨコハマ・ディベロップメントの役員だ。いままでもロクでもないことでしこたま儲《もう》けている連中だ。さっきも言ったとおり、ヨコハマ・ディベロップメントに直接的な打撃を与えるために、石川は重要なツールだ」

「石川さんの健康状態がとても心配です」

「ふふふ……石川は少しずつ死んでいる」

夏希は背筋が寒くなった。

「どういう意味ですか」

「いま、画像を送る」

レッド・シューズの言葉に呼応するようにＳＩＳ隊員の緊迫した声が響いた。

「ふたたび山口美菜さんの携帯に着信。今回も《ｉコネクト》にメッセージが入りました。画像です」

会議室の空気が凍った。

スクリーンに映し出されたのは、石川貞人の全身の画像だった。

パンツ一枚の姿で椅子に縛り付けられている。

そればかりではない。全身に打撲痕《こん》とみられる大小の青あざが写っている。ぜんぶで十数カ所はあろうか。

「棒状のもので何度も叩《たた》かれたな」

佐竹管理官がうそ寒い声を出した。

顔を上げているのは命令されたからだろう。顔からはすっかり血の気が引いている。

目を開けていることで、生存が確認できたことが救いだった。

「これ以上、石川さんに危害を加えないほうがいいですよ」

冴美が静かに諭すように告げた。

画像を見た後で、夏希なら声が震えて会話にならないだろう。冴美の強靭《きょうじん》な精神にはあらためて驚かされる。

「なぜだ。なんならこの画像をネットにばらまいてやろうか。世間には京極市長のカジノ誘致に反対する声は多いんだ。石川がこんなひどい目に遭わされてもカジノ構想をあきらめない京極市長への非難の声が高まるだろう」

「本当にそうでしょうか」

「あたりまえだ。横浜へのカジノ誘致にはもともと反対の声が根強いんだ」

レッド・シューズは強い口調で言い切ったが、冴美は少しもひるまなかった。

「もし石川さんの身に何かあったとしたら、世間はあなたに賛同しなくなります」

「石川が死んでも我々は痛くも痒《かゆ》くもない。だが、石川一人の生命では足りないらしいな……わかった。それでは、ヨコハマ・ディベロップメントの施設に攻撃を加える。いいな、次こそ負傷者が出るぞ」

レッド・シューズの声は威圧的に響いて終わった。

回線の切れる音が鳴った。

「待って下さい」

冴美は懸命に呼びかけたが、返事があるはずはなかった。

「通信終了しました」

ＳＩＳ隊員の声が響いた。

「石川の生命が心配だ」

佐竹管理官は低くうなった。

「そうですね……あんなに痛め付けられているのでは、衰弱もひどいでしょう。そもそも人質になった時点で、精神的に大きなダメージを受けているはずです。しかも、今夜は気温が低いです。深夜には屋外では零度近くまで下がるでしょう。半裸体では屋内でも暖房がなければ衰弱がさらに進むと思います」

片倉管理官は眉《まゆ》を寄せた。

「発信元の電話番号に掛けてみろ」

佐竹管理官が指示すると、ＳＩＳの隊員が即座に答えた。

「電源が切ってあります」

「しばらく掛け続けるんだ」

「了解です」

おそらくレッド・シューズが電話に出ることはないだろう。

「島津、犯人像が何かわからないか……印象でかまわん」

佐竹管理官は冴美の目を見て訊《き》いた。

「印象でよろしいですね」

「ああ、感じたことを教えてくれ」

「まずイントネーションに大きな特徴が見られません。少なくとも関西地方など西日本の出身者ではないように思われます。ボイスチェンジャーのせいで性別も年齢もわかりませんが、ある程度、年齢を重ねた人物ではないでしょうか。とにかく堂々とした態度が特徴的です。わたしのひっかけにも乗らず、非難にも少しも動揺しません。まさにプロの犯罪者だと思われます。先ほどの考えの通り、暴力団関係者ではないかと思います。半裸であざだらけの石川さんの画像を送りつけてきた残酷さも、これを裏付けていると考えます」

冴美はよどみない調子で答えた。

「やはり暴力団か……組対部の協力を要請するしかないか」

佐竹管理官は鼻から息を吐いた。

組織犯罪対策本部は県警本部刑事課のなかにあって、暴力団対策課、組織犯罪分析課、薬物銃器課、国際捜査課を擁している。捜査一課とは連携して捜査に当たる場面も多いが、反目することも少なくない。

「真田の印象はどうだ？」

「わたしは……」

夏希は頭の中で考えをまとめようとしたが、はっきりとした人物像が浮かんでこなかった。ひと言で言うと、

「頭脳明晰《めいせき》で冷静沈着な人物であることは間違いがありません。ただ、暴力団関係者と判断できるだけの情報は得られませんでした」

冴美がきつい目つきで夏希を見た。

「実はわたしは今回の一連の犯行にひどくちぐはぐなものを感じています」

「何がちぐはぐだというのか」

「二件の爆破は、できるだけ負傷者を出さないように緻密《ちみつ》な計算で実行されています。一方で、石川さんの略取誘拐はスムースに実行してはいますが、彼を痛め付けて負傷させるようなまったく無駄なことをしています。どうもちぐはぐな気がします」

口から言葉を出しているうちに、夏希は自分が抱いている違和感に気づいた。

「それは我々を恫喝《どうかつ》し、危機感を煽《あお》るためです。いかにも暴力団関係者がやりそうな手口です」

冴美は突っかかるような口調で反駁《はんばく》した。

「石川さんを誘拐しているだけでじゅうぶんに我々は恫喝されているのではないでしょうか。わたしには、石川さんを殴る理由が思いつきません」

「あの連中は必要とあれば暴力を使うことなんてなんとも思っていないのです。真田分析官のご意見は主観的過ぎるように考えます」

冴美ははっきりと夏希に対峙《たいじ》してきた。主観的と言えばたしかに主観的なのだが、印象なのだから仕方がない。

「不自然だとは思いませんか。カジノ構想を推進している企業は数多いのに、なぜ、ヨコハマ・ディベロップメントだけが狙われるのですか。まして、ただの専務に過ぎない石川さんがなぜ半裸で殴られなければならないのでしょうか」

夏希は山下埠頭《ふとう》の現場から、爆発はデモンストレーションだと感じていた。石川貞人を半裸にして殴りつけ、あざだらけの画像を撮って送りつけてくる行為は、デモンストレーションとしては過剰だと感じる。

「ですから、暴力団関係者にとってはあれくらいの暴力は日常茶飯事なのです」

冴美は眉を吊《つ》り上げた。

片倉管理官は困ったような顔になって佐竹管理官に訊いた。

「ヨコハマ・ディベロップメントは、暴力団のフロント企業とか企業舎弟というような性質はないのですよね。そうだとすれば、組同士の抗争という性格も考えられますが……」

佐竹管理官ははっきりと首を横に振った。

「ヨコハマ・ディベロップメントは健全な経営の企業だ。暴力団とのつながりについては確認されていない」

「それでは、水面下の抗争などというわけではないんですね」

片倉管理官の言葉におっかぶせるように冴美が言った。

「組間抗争の話は別として、わたしはやはり、暴力団関係者を疑うべきだと思います」

「わかった。組対部に協力要請をするように指揮本部に働きかけてみよう」

佐竹管理官は首を縦に振った。

「逆探知の結果です」

連絡係がプリントアウトされた一枚の紙を持って来た。

「うーん。今回の音声電話の発信元はＩＰ電話だ。しかも、違法ＳＩＭフリー携帯で、所有者の追跡は困難という分析結果だ」

「ボイスチェンジャーを使っていますから、テザリングでＰＣから発信しているかもしれませんね」

片倉管理官が答えた。

「向こうから掛けてくるかもしれない。いったん電話を切れ」

佐竹管理官がSIS隊員に指示した。

「わかりました」

そのとき本部系の入電を示すブザーが鳴った。

夏希の背中に緊張が走った。

――県警本部より各局。逗子市内で爆発の通報あり。現場は逗子市小坪《こつぼ》四丁目二十五番地の小坪オーシャンホテル。負傷者がいる模様。繰り返す、逗子市内で爆発の通報あり……

続けて福島一課長の緊迫した声が会議室に響いた。

――逗子市小坪付近で巡邏《じゅんら》中の機動捜査隊員と自動車巡邏隊、現場付近にいる所轄パトカーは全車、現場に急行しろっ
水上署の指揮本部からの入電だ。

「ついに負傷者を出してしまった……」

佐竹管理官が悔しげにつぶやいた。

「怪我の程度が心配ですね」

夏希も暗澹《あんたん》たる気持ちになった。

「たいした怪我でないとよいのですが」

冴美も眉を寄せて心配そうな声を出した。

「くそっ。また、ヨコハマ・ディベロップメント系列の施設だ」

スマホで調べていた片倉管理官が吐き捨てた。

「系列施設は県内に数十カ所もあるので、すべてに捜査員を張り付かせるのは困難だが、主要施設には配置してもらうように指揮本部に意見具申する」

佐竹管理官は苦しげな声で言った。

「もう《ツィンクル》に爆発を目撃したという投稿が上がっています。写真入りです」

ＳＩＳ隊員が驚きの声を上げた。

夏希はＰＣを覗《のぞ》き込んだ。

国道を通行していた者であろうか。丘の上から立ち上る炎に「小坪オーシャンホテルで爆発を見た」とコメントが入っている。シェア数があっという間に増えてゆく。

「警察に対する批判的コメントも増えているようです」

隊員の声は苦しげだった。

——三度目の正直。死者出たの？
——安定の神奈川県警品質だろ。これ
——見てるだけってヤツか
——さすが無能無双の神奈川県警
——安心してホテルで飯も食えんな

リプライ欄には警察の無能を誹《そし》るコメントが次々に投稿されている。

事件、事故の第一報がＳＮＳでないことのほうが珍しくなった。

今回の犯人レッド・シューズは、こうして勝手に報道してくれる《ツィンクル》ユーザーを当て込んでいるものに違いない。

夏希は現場が見たくなった。

今回は大規模な爆発だったのか、それともいままでの二回と同様の小規模な爆発で、負傷者が出たのは不運なことだったのか。今回の爆発の規模を夏希はどうしても知りたかった。

「佐竹さん、臨場したいのですが……」

「ああ、犯人からの電話は引き続き島津に担当させるから、真田は現場を見てこい。こちらからも応援を出すから、そいつらと一緒にパトカーに乗ってゆけ」

「ありがとうございます」

夏希は上体を折って敬礼すると、会議室を後にした。

【2】＠二〇一九年十二月十五日（日）

国道一三四号線は何度も通った道だったが、陽が暮れてから七里《しちり》ヶ浜《がはま》や由比《ゆい》ヶ浜《がはま》を抜けてゆくのは初めてだった。昼は大勢の観光客で賑《にぎ》わう海岸線にもすっかり人気《ひとけ》がなかった。

レストランなどの灯《あか》りも意外なほど少なく、パトカーの車窓からも浜辺に打ち寄せる波が白く輝いている。

道路は空《す》いていて九キロほどの道のりを走って小坪には二十分足らずで到着した。

小坪オーシャンホテルは、相模《さがみ》湾に突き出した岬の頂上にあって、逗子マリーナや小坪マリーナを見おろし、水面をはさんで江の島、富士山《ふじさん》が望めるダイナミックな景観が売りの中規模リゾートホテルである。

国道一三四号沿いの駐車場には、すでに何台もの警察車両が停まって赤色灯を光らせている。

さんざん見てきた光景だが、それでもこの赤い光を見ると、夏希の鼓動は高まる。

報道関係者はまだほとんど来ていないようすだった。

駐車場の右手にはエレベータもあるが、夏希と江の島署員はライトベージュのシチリア大理石で作られた石造りの階段を上ってファサードを目指した。

(あ、あの塔は)

階段の途中で振り返ると、昨冬の事件でジュードを追いかけた逗子披露山《ひろやま》教会の四角い尖塔《せんとう》がライトアップされているのが見えた。

階段を上り終えると、白壁が美しい南欧の田舎ホテル風の二階建て本館が浮かび上がった。屋根には濃いオレンジ色の洋瓦《ようがわら》が載せられ、ところどころにパンジーやビオラが飾られて、明るいイメージにあふれている。

あたたかい白熱球色の光に包まれているファサードの前には、規制線の黄色いテープが張られて行く手をふさいでいる。

「お疲れさまです」

立哨《りっしょう》していた制服警官がテープを持ち上げてくれた。

「真田先輩、早かったっすね」

コンパクトデジカメを手にした石田が近づいて来た。

「どこで爆発があったの?」

エントランスの前に設えられた直径五メートルほどの大理石製の噴水池を石田は指さした。

シャワー型の噴水口から、さわやかな音を立てて噴き上げた水がきれいな弧を描いている。

「あそこですよ。噴水池の縁に置いてあった二十センチほどの樹脂製の工具箱が吹っ飛びました。そのなかに爆薬が仕込んであったんですよ」

石田が指さした先は池の縁で、白い大理石の側面が黒く焦げていた。

あたりには鑑識作業服を着た五人の鑑識課員たちが忙しげに立ち働いていた。見知った顔がいないので江の島署の捜査員なのだろう。

すでにいくつかの鑑識標識が地面に置かれている。

「あんな場所に工具箱が置いてあったのに、従業員は気づかなかったの？」

「意外と見えにくい場所なんでしょうね」

「たしかに人間の脳は、目や耳に入った情報を選択して処理しているから……ここだと、ふつうの人は噴き上がっている水しか見ていないのかもね」

「爆発の三十分くらい前に気づいた従業員はいたんですが、出入りの業者が作業中だと思っていたらしいです。それで放っておいたんですね」

「で、負傷者が出てるんでしょ？」

「ええ、たまたま通りかかったホテルの男性従業員が負傷しました。吹っ飛んだ工具箱の破片が太股《ふともも》と膝《ひざ》に飛んで、何針か縫う怪我をしたみたいです」

「生命《いのち》に関わるようなけがでなくってよかった……」

「ほんとですよ。当たり所が悪ければ大けがをするところでしたよ」

「爆破の規模は大きくはないってこと？」

「小さな爆発ですね。そっちは専門じゃないからよくわからないけど……さっきちょっと鑑識のヤッと話したら遺留品がたくさん残っていて大収穫だそうですよ」

「へぇ……どんなものが見つかっているの？」

「工具箱の破片や起爆装置の一部、そうそう、携帯電話の破片も見つかっているようです」

「犯人につながりそうな遺留物じゃないの」

「まぁ、時間は掛かるから、明日《あした》の正午には間に合うかどうか」

「科捜研の頑張り時ね」

「それにしてもこれで三回ですよ。犯人はしつこい性格ですよね。今度はもっと大きな爆発を起こすんじゃないんですかね」

「そうね……」

夏希は確信していた。たまたま負傷者を出したが、今回も犯人は大きな爆発を望んではいなかった。できれば、負傷者も出したくなかったのではあるまいか。

山下埠頭《ふとう》や初音マリーナと同じである。

（やっぱりデモンストレーションだ……）

犯人の爆破目的は脅迫以外にはない。小規模の爆発によってできるだけ効果的に社会に動揺を与えようとしているものに違いない。

そうだとすれば、なぜ、石川をあんなにひどい目に遭わせるのだろうか。

「ところで、仲よしさんはどうしたの？」

「えっ……」

石田は仰《の》け反った。

「あれ、一人だっけ？」

顔の前で石田はせわしなく手を振った。

「そうですよ。とっくにあの娘《こ》とは別れましたよ」

以前、葉山のレストラン『ラ・マーレ』に織田と夕食を食べに行ったときに偶然に石田と会った。二十歳そこそこの派手なメイクのギャルっぽい女の子を連れていた。その娘とは別れたということだろう。

「あのね……そんな話してないんだけど」

夏希はあきれ声を出した。

「違うんですか」

石田は目を見開いた。

「あなたの尊敬する加藤巡査部長殿の話よ」

石田はあわてて口を押さえた。

「いま、ホテルの建物のなかに入ってますよ」

ばつが悪そうに石田は答えた。

「へぇ、このホテルの人から事情聴取しているの？」

「そうだと思いますが、ずいぶんと長いんですよね」

そんな話をしているところへ、ふらりと加藤が戻ってきた。

「おう、真田来たのか」

加藤はのんきな口調で声を掛けてきた。

「前線本部にいてもなんだか気詰まりだし……わたしは現場主義なの」

加藤はにやっと笑った。

「あの女豹《めひょう》にいじめられたのか？」

冴美のことを言っているとすぐにわかったが、まさかそうだとは言えない。

「誰のこと？」

「とぼけるなよ。あのＳＩＳの女警部補さんだよ。いかにも真田と反りが合わなそうだったもんな」

ギクッとした。たしかに冴美とは相性がよいわけではなさそうだ。だが、いじめられているわけではない。

「そんなことないよ。島津冴美さんはとても優秀だし、教わることも多いよ」

夏希は懸命に言い訳した。

「俺に社交辞令言うこたぁないよ」

加藤は意外と真面目な顔で言った。

「そんなことより、事情聴取してたんでしょ」

「ああ。ホテルの奴らからいろいろとな」

「なにかわかった？」

「爆発は十八時七分だが、爆発物が置かれたのは、十六時半から十七時半の間のようだ。十六時半にその噴水をバックに食事客の写真を撮ったドアマンがいるんだ。その男は爆発した工具箱なんて絶対になかったと言っている。さらに十七時半頃に駐車場の会社のクルマまで荷物を運んだ従業員がいてね。その男が工具箱を見たと言っている」

「作業中の業者さんのものだと思ったんでしょ」

「石田から聞いたか」

「その時間帯の防犯カメラを確認すれば、犯人が映っているね」

「ところがね。駐車場からエントランスの間に防犯カメラはないんだ。駐車場にクルマで乗り付けていれば犯人のクルマや姿は記録されているだろう。だが、もし防犯カメラの位置をあらかじめ知っている者が歩いて駐車場に入ってカメラの死角を選んで歩けば、記録に残らないおそれがある」

「もし、そんな動きを取っていたとしたら、このホテルに詳しい者の犯行ね」

「そこは大事だ。ホテル関係者か出入りの業者を洗えば、犯人にたどり着ける可能性は高い。もっとも時間は掛かる」

「明日の正午には間に合わないね」

「どんなに急いでもそれは難しいだろう」

加藤は顔をしかめた。

「もうひとつな。かなり有力な聞き込みをしてきたんだ」

「えっ。なんですか」

石田は身を乗り出した。

「ここのホテルは言うまでもなくヨコハマ・ディベロップメント系列だ」

「だから狙われたんでしょう」

「そうなんだが、実はここの営繕課長は、もとはヨコハマ・ディベロップメントの本社にいて、石川貞人の部下だった男なんだ。そいつからおもしろい話を聞きだした」

のんびりとした口調の加藤に、石田が気ぜわしく訊《き》いた。

「もったいぶらないで教えて下さいよ」

「営繕課長が言うには、石川貞人の専用社用車が二年前に交通事故を起こしている。そのときの被害者は平塚陽菜《ひらつかはるな》という十五歳の高校生だったそうだ。かわいそうなことに、この娘は脳に大きな損傷を受けて、事故の後三月経たずして亡くなった。運転していたのは会社総務課所属の運転手で、業務上過失致死罪で訴追され、禁錮《きんこ》一年執行猶予三年の判決を受けた。自動車保険から補償もじゅうぶん為《な》されたらしい。ところが……」

夏希は自分の喉《のど》が鳴るのを感じた。

「陽菜は幼い頃に母を亡くし、父一人子一人だった。父親は平塚明広《あきひろ》という名でホテルリネンサプライの湘南リネンサービスという会社の従業員だったが、悲嘆に暮れて仕事も辞めた。一方、事故を起こした運転手はヨコハマ・ディベロップメントを解雇され、すぐに病気で死んだそうだ。平塚の恨みは石川に向けられた。何度かヨコハマ・ディベロップメントへ押しかけて石川を呼び出して騒ぎ立てたんだ。石川はむろん相手にしなかったが、平塚は『おまえを殺す』とまで息巻いていたそうだ」

「そんなの逆恨みじゃないですか」

「まぁ、そうだな。だが、平塚としては最愛の娘を奪われた怒りの持って行きどころがなかったんだろう」

「指揮本部で石川について洗っていますが、その話は出ていないですね」

石田は首を傾げた。

「会社側は社会的な体面もあって平塚の件は警察沙汰《ざた》にはしなかったんだ。交通事故の記録についても、石川は被疑者でも被告人でもないのでうちの記録ではヒットしなかったんだな」

「加藤さん、よくそんなこと聞き出せましたね。どんな質問をしたんすか」

「今回の爆破や誘拐についてなにか気になることはないかと訊いただけさ」

「それでなんで、二年前の事故の話が出て来るんすか」

「いや、なにか隠し事をしてるのは、刑事の勘ですぐにわかる」

「どうしてわかるんですか」

夏希も不思議になって訊いた。

「まずおどおどしている。質問をすると目を逸《そ》らす。絶えず貧乏揺すりをする。爪を噛《か》む。唇をしきりとなめる……ほかにいくつもあるよ」

「なるほど、さすがベテランの刑事は違いますねぇ」

「石田、おまえ見え透いた世辞を言うなよ」

「いや……おだててるだけなんすけどね」

「こいつやっぱり生意気になりやがった」

薄ら笑いをする石田の頭を、加藤はかるくはたいた。

「痛たた……隠し事をしていたとわかったとしても、営繕課長はよくそんな話をゲロしましたね」

「ちょっと懇切丁寧な尋問をしたらすぐに自白したさ」

「被疑者じゃないのに……」

夏希はあきれ声を出した。加藤が言う懇切丁寧というのは恫喝《どうかつ》混じりの尋問に違いない。

「だいたい俺の質問にまともに答えないヤツが悪いんだ」

加藤は耳の穴を指でほじりながらとぼけた声を出した。

「まじにそれは本筋じゃないすか」

「ああ、上が何言ってもそいつを追うさ」

加藤はすごみのある笑顔を見せた。

「絶対に平塚が誘拐犯ですよ。その男を追うしかないですね」

石田は鼻の穴からふんと息を吐いた。

夏希もドキドキしていた。頭の中でさっき見たあざだらけの石川の姿がよぎった。

ただ、誘拐犯は平塚だとしても、連続爆破事件の犯人と考えるには、しっくりこないところがあった。石川一人への恨みであるとすれば、なにも横浜市のカジノ誘致をつぶそうとする必要もないだろう。

「真田はどうするんだ？」

「わたしは……前線本部に戻らなきゃ」

「送っていってやるよ。平塚を追うとしても、上に話を通して、組織的に調べてもらわなきゃならない。俺と石田だけでは手に負える話じゃない」

「ありがとうございます」

行きに乗ってきたパトカーを運転していた巡査に断って、夏希は石田が運転する覆面に乗り込んだ。

【3】　＠二〇一九年十二月十五日（日）

前線本部に戻ると、石田は二人の管理官に向かって平塚明広について説明を重ねた。

「わかった。加藤の言うとおり、たしかに平塚は石川を略取誘拐する明確な動機がある。

こっちと指揮本部で鑑取りに当たっている半数以上の捜査員を平塚明広の捜査に振り当てる必要がある。指揮本部に連絡する」

佐竹管理官の顔つきが引き締まり、頰がわずかに紅潮している。

こんな佐竹を見るのは初めてのような気がする。真犯人に迫り始めた刑事の顔だと夏希は思った。

「佐竹管理官、暴力団関係の捜査はどうします？」

片倉管理官が訊いた。

「うーん、平塚が暴力団と関係していないと決めつけることはできないな」

「そうです。やはり平塚一人の犯行とは考えにくいです。石川の誘拐は平塚の犯行だとしても、三回にわたる爆破や、横浜カジノ構想を撤回させようという犯行動機の説明にはなりません」

冴美はつよい口調で言った。

夏希もこの点については同じ考えだった。

しかし、暴力団という冴美の意見にはどうしても賛同できなかった。

「もし、平塚明広という人物との関わりが見つからなかったら、暴力団関係の捜査は必要がないと考えます」

夏希ははっきり言った。限りある捜査員は平塚周辺の捜査に充てるべきだ。

「いままで関わりがないとしても、暴力団関係の捜査は継続すべきです」

冴美は夏希を見据えて言った。

「どういうことですか」

意味がわからなくて夏希は訊いた。

「平塚の石川さんへの恨みの感情を暴力団に利用されて共犯関係に引き込まれている可能性があります」

「なるほど……」

冴美の意見にこれ以上抗《あらが》うのはやめた。いまの指摘を完全に否定するだけの材料を夏希は持っていなかった。

「もしまたレッド・シューズから電話が入ったら、平塚明広の名前を突き付けてみたいのですが、よろしいでしょうか」

佐竹は瞬時、黙って考えた。

「リスクはありますが、このような場合、こちらが少しでも優位に立つためには必要なことだと思います」

片倉管理官は冴美の意見に賛同した。

「いいだろう。平塚の名前をぶつけてどんな反応を示すか試そう」

佐竹管理官は許可を出した。

「了解しました」

「ところで、重要な連絡が入った。京極横浜市長は今回の爆発を受けて、二十時半から横浜市役所において緊急記者会見を開くことになった」

「ずいぶん遅い時間に会見するんですね」

加藤が驚きの声を上げた。

「ああ、負傷者が出たことで《ツィンクル》でも京極市長や横浜市のアカウントに非難が殺到している。これに対して意見表明を行うことを余儀なくされたのだろう」

佐竹管理官は苦り切って答えた。

最初に捜査に参加したマシュマロボーイの事件以来、何度も接している現象である。

「このようなケースでは、代理報復感情はどうしても過熱しますね」

「うん、以前に聞いたな」

あの捜査本部では佐竹管理官とも初めて一緒に仕事をしたのだった。

「集団間関係において、最初の危害とは無関係な者どうしの間で報復が起こる現象です。この場合、炎上させている投稿者たちはSNS上でひとつのバーチャルな集団Aを形成し、京極横浜市長や横浜市に対して報復をしています。この報復関係は本来の加害者であるレッド・シューズと小坪オーシャンホテルで負傷した被害者の方とは無関係なわけです」

「そうだった。炎上させてる連中は正義の実行をしているんだったな」

佐竹管理官は夏希の説明を覚えていた。

「ええ、炎上させている人たちは、自分たちが社会内でためこんだうっぷんを、正義の実行というかたちで正当化して、晴らそうとしているのでしょう」

「それにしても二十時半ってのは遅いっすよね」

石田が首を傾げた。

「全国版の締め切りは午前一時頃だ。二十時半の会見だと周辺取材を行う時間がほとんどない。明日《あした》の朝刊ではあまり余計な情報を付け加えずに、横浜市の見解を公表できる。その意味では悪いタイミングじゃないさ」

片倉管理官がしたり顔で説明した。所轄の副署長の経験があるのだろうか。所轄署でマスコミ対応の窓口は副署長なのだ。

「ま、会見はラジオでも聴けるでしょうから、俺たちは捜査に戻ります」

加藤が踵《きびす》を返して出て行こうとすると、佐竹が呼び止めた。

「加藤、おまえ地取りやらないで、平塚を追いかけようと思ってるだろ」

加藤は振り返った。

「わかります？」

「俺も刑事《デカ》だからな」

「やめろって言っても無駄ですよ」

「わかってるさ」

そのとき、ＳＩＳ隊員の緊迫した声が響いた。

「レッド・シューズから着信」

佐竹管理官が目顔で合図すると、冴美が顔つきを引き締めてうなずいた。

加藤と石田もその場に留《とど》まった。

「まず最初に警告しておく。この電話に掛けてくるな。用があるときにはこちらから掛ける」

「了解しました」

「小坪の爆発は見てきたか」

さっきと同じボイスチェンジャーによる低い声だった。

「負傷者が出ています」

「だから言っただろう。京極市長が横浜カジノ誘致を撤回しない限り、まだまだ被害者は出る。県民の生命《いのち》を危機にさらしてまで、カジノを誘致する京極市長は県民から非難される」

「その責任は京極市長が負うものではないと思います」

「そうかな」

「ええ、その責任は平塚明広さん、あなたが負うべきものです」

瞬時の沈黙の後、レッド・シューズは平板な声で答えた。

「おまえは何を言っているんだ」

「あなたは平塚明広さんでしょう？」

「日本の警察もたいしたことがないな」

レッド・シューズの声には少しの乱れもなかった。

この人物は平塚明広ではないのだろうか。

「わかっているのです。あなたが石川さんを恨んでいることも」

「馬鹿馬鹿しい」

吐き捨てるような声音だった。

「なにが馬鹿馬鹿しいのですか」

「平塚などという男は知らないし、石川に個人的な恨みなどはない」

「わたしはあなたが平塚さんであると確信しています」

レッド・シューズはあくびをした。

「おまえのような無能な女と話しているのが退屈になってきた。そこに、かもめ★百合という女はいないのか」

「かもめ★百合……心理分析官ですか」

驚いて冴美は訊《き》き返した。

「そうだ。二回も《ツィンクル》で呼びかけてきただろう。そこにいるなら電話に出せ」

夏希が佐竹管理官の顔を見ると、強い調子であごを引いた。

「わかりました。いま、かもめ★百合と代わります」

冴美は、テーブルに置いてあった別のヘッドセットを夏希に渡した。

音声電話で犯人と対峙《たいじ》するのは初めての経験である。身が引き締まるのを夏希は感じた。

「こんばんは、かもめ★百合です」

穏やかで明るい声を夏希は懸命に出した。

「話がしたいそうだな」

「ええ、なんでもお話し下さい」

「おまえはわたしが平塚という男だと思っているか」

「いいえ、そうは思っていません」

夏希はあえて自分の直感をぶつけて、レッド・シューズの正体をあぶり出そうと思った。

「なぜだ。さっきの生意気な女はしつこくそう言っていたぞ」

「平塚という人についてわたしが得ている印象と、いまお話ししているレッド・シューズさんの印象は大きく違うからです」

「どう違うというのか？」

「平塚さんはきっともっと情緒豊かな人ですね。ある意味でいい人なのではないでしょうか」

「ほう？　そんな男なのか」

レッド・シューズは肯定も否定もしなかった。

「大切なお嬢さんを失った悲しみに暮れていた人です。愛情深い人物だと考えます」

「では、わたしはどうなのだ？」

「あなたは平塚さんよりずっと冷静で、そう、緻密《ちみつ》な計算ができる人ですね」

「なるほど……ほかには？」

「見知らぬ多くの人々を恐怖に陥れてもなんとも感じない人だと思います」

隣に座っている冴美がつばを飲み込む音が聞こえた。

「そんなわたしを分析すると、どうなるかな？」

レッド・シューズは興味深げな声で訊いた。

「分析できるだけのデータがありません」

「直感でいい。分析しろ」

威圧的な声でレッド・シューズは言った。

夏希は迷った。いま思っていることをそのまま口に出せば、レッド・シューズは怒り出すかもしれない。そうなれば、人質に取られている石川貞人の身に危険が及ぶかもしれない。

しかし、相手を気持ちよくさせるために事実と違う分析結果を伝えることは精神科医としては許されない。夏希のなかでかつての職業意識が頭をもたげた。どんな場合でも、この意識を持てない者は、患者と接することは許されない。

「反社会性パーソナリティ障害の怖れがあります」

夏希は思いきって思ったことをぶつけてみた。

「真田さんっ」

冴美があわてて夏希の肩をつかんだ。

「その障害について教えてくれ」

「あなたは非常に頭のよい方だと思います。三回の爆破もなるべく負傷者を出さないように注意を払って最低限の爆発で留めています」

「どうかな」

「いえ、わたしは三回の爆破現場をすべて見てきています。あなたが被害を大きくせず、しかも我々を恫喝《どうかつ》しようと工夫していたことは一目でわかります」

「なるほど、そう見たのか」

レッド・シューズはまたも肯定も否定もしなかった。

「それにも拘《かか》わらず、あなたは爆破地点周辺の人々をはじめ、県民の多くを恐怖に陥れても罪の意識など感じていないでしょう」

「その通りだ。横浜のカジノ誘致を避けるためには、県民に恐怖を与えることなどなんでもないことだ」

「いまの主張には、まさに他者に対する共感性の欠如を感じさせます。簡単に言うと、他人の心の痛みを感じ取れないのです」

「その共感性の欠如はなぜ生じるのか」

レッド・シューズはますますおもしろそうに訊いた。

「理性的な認知の機能には問題がないのにも拘わらず、情動にかかわる認知の機能に乏しいためだと考えられます」

「なぜ、そんな障害が生ずるのだ？」

「この障害を持つ患者の脳をスキャンしてみると、眼窩《がんか》皮質と扁桃《へんとう》体周囲の活動が低下している傾向が見られます。他人にやさしいかどうか、困った人などを助けたい気持ちが強いかなどもこの扁桃体が関わっています」

「わたしは他人にやさしくないというわけか」

「どう考えてもやさしいとは思えませんね。わたしもあなたのせいでずっと大変な思いをしています」

「ははは、おもしろい女だ」

レッド・シューズは声を立てて笑った。

「おもしろいですか？」

「お前のことが気に入った。さすがは神奈川県警ただ一人の心理分析官だ」

「ありがとうございます。ついでだから言いますけど、扁桃体が損傷すると、生命の危機に襲われても恐怖を感じなくなるのです」

「わたしは滅多なことでは恐怖などは感じない」

「やはりそうですか」

「ああ、恐怖を感じないからこそ、横浜をカジノという悪魔から守る正義の戦いに挑めるわけだ」

「それも扁桃体が不活性なせいでしょう。いろいろな疾病が原因である怖れもありますので、一度、大学病院などの脳神経外科を受診なさって、専門医にｆＭＲＩで大脳のスキャンをしてもらうといいと思います」

「ｆＭＲＩってなんだ？」

「磁気共鳴の現象を応用して、脳内の機能活動の血流変化などを画像化する機器です」

「アドバイスに感謝する。では、わたしがおまえの分析をしてやろう」

「はぁ……お願いします」

「おまえこそ共感性が欠如しているだろう」

この言葉には驚いた。

「なんでですか？」

「いまお前のまわりにはたくさんの警察官がいるはずだ」

「はい。その通りです」

嘘をついても意味はない。

「その連中は心臓が止まりそうになっているはずだぞ。連続爆破犯であり、冷酷な誘拐犯であるわたしを怒らせたら、どんなことになるかハラハラしているはずだ」

「たしかに……そうですね……」

一言もなかった。

「おまえには共感性が欠落しているのだよ」

「怒ったのですか」

「いや、まったく怒っていない。だが、はっきり言っておく。一刻も早く京極市長にカジノ誘致撤回の記者発表をさせろ」

「わたしがお返事できない内容ですね」

「おまえとの会話は録音している。後でもう一度聞いてみよう。これからも電話するかもしれない。必ずおまえが出ろ」

「わかりました」

ヘッドセットから回線が切れる音が聞こえた。

「通信終了。発信元は前回の音声電話と同じＩＰ電話です」

ＳＩＳ隊員が報告した。

「真田、大胆なことやるなぁ」

佐竹管理官が頭の後ろに両手をやって椅子を反らせ、あきれ声を出した。

「わたし大胆でしたか」

「そうですよ。犯人に反社会性パーソナリティ障害なんて言葉をぶつけるとは……わたしは正直、肝が冷えましたよ」

片倉管理官は身を震わせる素振りを見せた。その口調にはどこかに非難の色合いがあった。

「音声電話で犯人と対峙《たいじ》するのは初めてなので……」

夏希は精いっぱい頑張ったつもりだった。

「レッド・シューズからも、共感性が欠如していると分析されてたな」

佐竹管理官は小さく笑った。

「わたしは賛成できません」

激しい口調に、誰もが冴美の顔を見た。

「危険すぎます。レッド・シューズが感情的になる怖れはじゅうぶんにありました。略取誘拐犯と対峙する捜査官には、もっと慎重な態度が要求されます。だいいち真田分析官は喋《しゃべ》りすぎです」

夏希はいささかムッとした。夏希だって必死で話し続けたのだ。

「ま、次回はもっと慎重に対応してくれ」

佐竹管理官はかるい調子でとりなそうとした。

だが、冴美は矛を収めようとしなかった。

「真田分析官はネゴシエーターとしての専門的な訓練を受けていらっしゃらないのですよね？」

「はい、そういうプログラムを受けたことは一度もありません」

夏希はだんだん腹が立ってきた。

「いまのような職務に就くのであれば、少なくとも、警察庁と科学警察研究所が実施する交渉人の研修だけは受けて頂きたいです」

冴美の言葉は正論かもしれないが、望んでレッド・シューズと話したわけではない。

科学警察研究所は警察庁の付属機関で、科学捜査や犯罪防止、交通警察についての研究や検証を行い、地方警察に置かれた科捜研と同じように証拠物の鑑識や検査に当たる機関である。

「わたしは捜査専科講習も受けていません。ですが、こういう場面に立たされるのはわたしの希望ではありません。すべては上からの指示です」

捜査専科講習は刑事になるための講習である。しかし、夏希は刑事になるために県警に入ったわけではない。

「少なくとも交渉人に関する研修は受講できるように、上層部に希望して頂きたいです」

夏希には素直にうなずきたくない気持ちがあった。

たしかに刑事や交渉人になるための専門的な研修は受けていない。捜査経験も少ない。しかし、精神科医や臨床心理士としての専門的知識はあるし、クライエントと接してきた経験も持っている。そんな経験を活《い》かすことが県警で自分に課せられた責務だと思っている。

冴美の後追いをする捜査官は、別に自分でなくてもよいではないか。

「いままで事件解決に実績をお持ちのことは伺っています。でも、こうして最前線に立つからには、それなりの心構えを持って頂きたいです」

そのとき加藤がふくれっ面で言葉を発した。

「だけどよ、犯人は喜んでたじゃねぇか」

「結果としてはそうなりましたが、どこで犯人が感情的になるかはわかりませんでした」

「結果がよけりゃいいだろ」

「わたしたちはそんな危険な賭《か》けには出られません」

「あんたは犯人に嫌われてただろ」

加藤は皮肉な口調で言った。

だが、冴美はひるまなかった。

「交渉人が犯人に好かれる必要はありません」

「あんたを嫌がって、真田を指名したのはレッド・シューズだぞ」

「それは……」

冴美は言葉を失った。

「二人ともそのくらいにしておけ。結果よければすべてよしと考えるしかない。どだい、我々の仕事は予想通りにいくことのほうが珍しいんだ」

佐竹管理官はなだめるような口調で言った。

加藤はヘラヘラと笑い、冴美は気まずそうにうつむいた。

そのとき、会議室の入口に人の気配がした。

(織田さんだ)

いつもよりは地味なヘリンボーンのトラディショナルスーツに身を包んだ織田信和《のぶかず》が、早足で部屋に入ってきた。ゴールド系のペイズリー柄のジャカード織りネクタイがよく似合っている。

織田理事官は一瞬、夏希にちらっと目顔であいさつした。夏希はなんだか照れくさくなって、うつむくように頭を下げた。

「警察庁警備局の織田理事官がお見えです」

制服警官が叫んだ。

反射的に全員が起立した。

織田理事官はやわらかな笑みを浮かべて、手振りで皆に着席するように促した。

「こんばんは、佐竹さん、ご苦労なさっているようですね」

如才ない口調で織田理事官は佐竹管理官に声を掛けた。

「とうとう警察庁も、本事案に関心を持ちましたか」

佐竹管理官は引きつった笑いで答えた。

「ええ、小坪オーシャンホテルで負傷者が出たことで長官官房も事態を憂慮してましてね。皆さんの力になるようにと、警備局長から直々に僕に命令が下りました」

「それで織田理事官が……」

実質上の介入である。佐竹管理官としてはおもしろくないに違いない。

だが、神奈川県警の警視に過ぎない佐竹が、地方警察を指導する立場にある警察庁の警視正に異論を唱えることなどできるはずもない。

「どうぞ、よろしくお願いします。おい誰かお茶をお淹《い》れしてくれ」

佐竹管理官が声を掛けると、石田がさっと席を離れた。ここにいる捜査員のなかでは巡査長である石田がいちばん階級が下である。

「ここまでの捜査の経緯は、福島一課長を通じて詳細が全て警察庁に上がっています。僕も小坪オーシャンホテルでの爆発時点までは理解しているつもりです。一刻も早く石川さんを安全に救出するため参りました。皆さまと一緒に事案の解決に取り組みたいです」

織田はさわやかに言った。

「あの……発言してよろしいでしょうか」

遠慮がちではあるが、はっきりとした冴美の口調であった。

夏希にとっては気になる友人の一人であるが、冴美にとっては雲の上の官僚である。

本来は、こうして発言の許可を得るべきなのだろう。

「特殊犯捜査係の島津主任です。あ、わたしは特殊犯捜査担当の片倉と言います」

「島津さんと片倉さんですね。どうぞよろしく」

織田があごを引くと、二人は上体を折ってかしこまった礼をした。

「いちいち断らなくていいですよ。話したいときは自由に話して下さい」

「ありがとうございます」

冴美は几帳面《きちょうめん》に頭を下げてから、織田をしっかりと見据えて言葉を続けた。

「略取誘拐事案は、警察庁では刑事局の管轄ではないでしょうか。なぜ、織田理事官が警備局からお見えなのですか」

挑戦的にも聞こえる冴美の言葉に、織田はゆったりとした笑みで応《こた》えた。

「略取誘拐事案はたしかに刑事部の所管でしょう。しかし、連続犯罪予告に対処するのは警備部の事案です。まして、カジノ誘致の撤廃を叫んで、爆弾を用いて横浜市長を脅迫する。これは立派な政治テロです。両者が同一犯の仕業ですから、刑事局と警備局が密接に連携すべき事案であることは間違いないでしょう」

「そうだとしても、こちらは前線本部に過ぎません。指揮本部で全体を統括するご指導をなさったほうがよろしいのではないでしょうか」

織田がここに来たことが冴美は不満なのだろう。

冴美は階級や立場などを気にしないタイプの捜査官らしい。刑事にはよくいると聞いている。この点では加藤と似ている。

「いままでの経緯を見ると、犯人は湘南・三浦地区を中心に行動しています。石川貞人さんの監禁場所もこの地区にあるに違いないと僕は考えています。水上署にいたら隔靴《かっか》掻痒《そうよう》というか、事件のリアルな進行を把握しきれない怖れがあります。この前線本部にいてこそ、レッド・シューズに迫ることができる。僕はそう考えています」

織田の言うとおり、レッド・シューズは最初の山下埠頭《ふとう》の爆破を除いて、すべて湘南・三浦地区で事件を起こしている。本拠地や石川貞人の監禁場所もこの地区にあると見るのが妥当だろう。

「ずいぶん遅いお出ましですね。今朝、ここに見えると思ってましたよ」

加藤が皮肉っぽい口調で笑った。

「ああ、加藤さん、あなたもこちらに参加していたのですね」

「この江の島署の刑事《デカ》ですからね」

「本当は昨日の特捜本部立ち上げから参加したかったんですが、ほかの重要事案に掛かりきりだったのです」

「お忙しいでしょうからねぇ」

石田が紙コップに入れたホットコーヒーを持って来た。

「ああ、石田さん。ありがとう」

「いつぞやは、珍しいところで……」

唇の端にかすかに笑いを浮かべて、石田は妙なあいさつをした。

葉山で夏希と織田がデートしていたときのことを、ほのめかしているのだ。

「ははは、秘密の打ち合わせの話ですね。あのときはどうも」

織田は平気な顔で答えた。

あの夕暮れの海辺を思い出して、夏希は恥ずかしさで耳が熱くなった。

緊張した前線本部で、織田と一緒に事件に取り組むのには奇妙な違和感があった。

「では、佐竹さん、小坪オーシャンホテルの爆発以降の経緯を説明して下さい」

織田は身を乗り出した。

「通信指令本部に第一報が入ってから、前線本部からも捜査員を派遣しました。真田分析官も同行しました……」

佐竹管理官は、加藤が聞き込んできた平塚明広のことや、レッド・シューズから掛ってきた電話に応対したことなどを話し続けた。

「平塚明広という人物の情報をつかんだのは大変な功績ですよ、加藤さん」

「どうも」

加藤は素っ気なく言ってそっぽを向いた。不遜《ふそん》にも見える態度だが、これが照れから来ていることが夏希にはわかってきた。

「平塚明広については重要参考人として位置づけ、指揮本部で徹底的に追いかけていま す。そのうち、何かしらの情報が上がってくるはずです。ところで、レッド・シューズと島津さんや真田さんの通話は録音されていますね。聞かせてもらえますか」

「もちろんです」

佐竹管理官が目顔でＳＩＳ隊員に合図した。

それからしばらくの間、織田は通話記録をヘッドフォンで聴いていた。

「真田さんは、平塚明広がレッド・シューズではないと考えているのですね」

録音を聴き終えた織田理事官は、夏希の目を見て尋ねた。

「いえ、そこまでは断定できません。平塚という人物を知りませんので。ですが、娘の死に嘆き悲しみ、石川さんのところに不合理な苦情を述べ立てたという人物像。これと、先ほど話したレッド・シューズの冷徹な犯行と人物像は相容《あいい》れないように感じています」

「参考になります。島津さんはどうですか。レッド・シューズの人物像について感じたことを教えて下さい」

「わたしは組織的犯行との印象を持っております……」

冴美は先ほどの暴力団説を繰り返した。

「なるほど、よくわかりました。実は警備局でも組織的犯行の可能性を考えております」

「やはりそうですか」

冴美は身を乗り出した。

「ただ、暴力団ではなく、マル共派《きょうは》や革青協《かくせいきょう》などの武闘派左翼系の可能性を検討しています」

「極左ですか……」

佐竹管理官は目を見開いた。

「古い話ですが一九七〇年代に極左暴力集団の東アジア反日武装戦線が標的としたのは大手ゼネコンでした。大成《たいせい》建設、鹿島《かじま》建設、間組《はざまぐみ》などが狙われました。カジノ誘致構想を推進している組織や企業が多いなかで、神奈川県内で一、二を争うヨコハマ・ディベロップメントという大手開発企業だけを狙っている点は極左暴力集団の犯行と疑うに足りる理由だと考えます」

「しかし、四十五年も前の話ですよね」

佐竹管理官は怪訝《けげん》な声を出した。

「残念ながら、その頃の活動家のなかには、老人となっても考えを少しも変えていない者がたくさん残っています」

「たしかに忘れた頃に事件が起こりますね。平成二十五年だったかな。在日米軍の横田《よこた》基地に向けて飛翔《ひしょう》弾が発射された事件で逮捕者が出ましたね。その翌年には普天間《ふてんま》飛行場の辺野古《へのこ》移設工事の関連会社に向けて飛翔弾が発射された事件で逮捕者がありました」

片倉管理官は納得したようにうなずいた。

「もうひとつはレッド・シューズという名乗りです。言うまでもなく赤は共産主義を象徴する色です。靴は旧ソ連の国旗にあった鎌と槌《つち》のごとく、労働者の象徴なのではないでしょうか」

「横浜を象徴する赤い靴ではなかったのか」

片倉管理官が低くうなった。

「すでに警察庁警備局から警視庁公安部にも協力要請をしています。極左暴力集団による犯行の可能性が高くなってきたら、捜査体制を組み直すことになるかもしれません」

織田理事官は自信を持っているようだが、夏希にはどうもピンとこなかった。

夏希自身は利得犯の仕業であるという直感を抱き続けていたが、それを正当化できるだけの論理的な裏付けを持っていなかった。

「いよいよ記者会見の時間だ」

片倉管理官が会議室の隅に置いてあるテレビのスイッチを入れた。

しばらくすると、青白ツートンのバックボードを背にして演台の前に立つ京極高子市長が映し出された。

単独記者会見なのか、京極市長のほかに市職員などの姿は見られなかった。

(悪くないセンスだな)

五十二歳だが、年齢よりもずっと若くみえる。弁護士出身の市長はおしゃれなことでも知られている。濃いブルーグリーンのシンプルなタートルネックニットの上に、ライトベージュのノーカラージャケットを羽織っていた。襟元に光る羽根をかたどったシルバーのブローチがアクセントになっている。

京極市長は市民に対する簡単なあいさつの後で、石川貞人専務が一刻も早く家族のもとへ帰れることを願うと語った。続いて小坪オーシャンホテルで負傷した従業員への見舞いの言葉を述べた。

「レッド・シューズなる人物は、横浜市へのIR誘致を撤回しない限り犯行を続けると横浜市を脅迫しています。暴力を用いたこのような卑劣なテロに屈することはできません。暴力に負ければ、暴力によっていかなる無道も押し通せる世の中を作り出してしまいます。IR誘致についての議論が盛んになることは歓迎ですが、暴力によって横浜市民の生活が左右されてしまうことは絶対に防がなければなりません。我々は横浜市民の明日《あした》の幸せのためにも、断固としてテロと戦うことを宣言します」

　京極市長は力強く言い切った。

　その後は短いながら記者質問の時間が続いた。

「これからの犠牲を防ぐために横浜市にできることはなんだと思いますか」

　夏希は耳をそばだてた。

「いま起きている誘拐事件の解決と、今後の犯行の防止は、直接的には警察のお仕事だと思っています。優秀な神奈川県警の皆さまのお力に期待します」

　放送局の女性記者の質問に、京極市長は迷いなく答えた。

　緊急記者会見だけに、十分弱で会見は終わり、テレビはほかのニュースを流し始めた。

　京極市長はやはり会見慣れしていた。今回の悲劇は、もともと横浜市に責任のあることではないのだから、堂々とした態度を崩さなかったことは大正解だろう。

「まぁ、予想通りだが、ますます我々への風当たりが強くなるな」

　佐竹管理官は額にしわを寄せた。

「すでにネットでは県警への激励や非難が激しく巻き起こっているでしょうね」

　片倉管理官は諦《あきら》め顔で言った。

「とにかく一刻も早くレッド・シューズを確保し、石川さんの身柄を無事に保護することです」

　そう言いながら織田理事官は席を立ち、会議室の隅でスマホを取り出した。

おそらく警察庁の上司といまの会見にともなう今後の捜査方針の修正などについて相談しているのだろう。

連絡係の制服警官が近づいて来た。

「佐竹管理官に指揮本部の福島捜査一課長よりお電話が入っています」

「一課長から……わかった。すぐ行く」

佐竹管理官は有線電話のあるテーブルへと足を速めた。

戻ってきた佐竹は織田に面と向かって告げた。

「織田理事官、福島一課長から重要な情報が入りました」

「皆さんで情報を共有しましょう」

「連絡係二人を残して、みんなここへ集まってくれ」

佐竹管理官が声を掛けると、会議室に残っていた捜査員が管理官席に集まってきた。

すべてで十五人ほどだろうか。ものものしいSIS隊員もすべてが佐竹のまわりに整列した。

「レッド・シューズのアジトと考え得る場所の情報が捜査一課よりもたらされた」

会議室に緊張が走った。

「今夕、十八時十分から十八時二十五分頃に石川貞人さんのスマートフォンから発せられた電波をキャッチできたそうだ。この電波は逗子市小坪、葉山町下山口、横須賀《よこすか》市秋谷《あきや》と三つの基地局を移動したことがわかっている」

「移動中に電話を掛け続けていたということですか」

夏希の問いに片倉管理官が補足説明をした。

「携帯電話は電源が入っていれば、使用していなくとも電波を出す場合がある。移動中に基地局のエリアが変わるときがそれだ。当該エリアの基地局に端末を登録するために自動的に電波を出すんだ」

「さらにこの電波が切れる直前に一本の発信が確認されている。ちょうど爆破時刻だ」

夏希は自分の喉が鳴るのを感じた。

「誤爆などを避けるために特定の電話番号からの着信だけで爆発するような設定をすることはできるからな」

加藤がつぶやくように言った。

「その可能性は高い。残念ながら通信相手の電話番号についてはまだ判明していない」

佐竹管理官は全員を見回して言葉を継いだ。

「横須賀市秋谷の携帯基地局の近隣の立石《たていし》岬に秋谷シーサイドビューという廃業したミニホテルがある。このホテルは平成二十二年に廃業になったが、ヨコハマ・ディベロップメントが所有している物件だ。しかも、この廃ホテルと平塚明広のつながりが見つかった。平塚は平成十五年四月から平成二十八年二月まで湘南リネンサービスの従業員だったが、数年間はこのホテルにリネン類のクリーニングのために出入りしていたのだ」

居並ぶ人々の間にざわめきがひろがった。

「現在、同ホテルは放置状態で常駐している人間もいない。建物は閉鎖されているが、割れた窓ガラス等も多いらしい。秋谷シーサイドビューに平塚明広が潜伏している可能性は高い。とすれば、石川貞人さんが監禁されているのも同ホテルと考えられる。現在、横須賀署の地域課員が急行して同ホテルを遠巻きに監視する態勢をとっている」

佐竹管理官の言葉が終わった。

冴美もＳＩＳの隊員たちも皆、瞳《ひとみ》をギラつかせている。

「すぐに特四係で突入班を組んで、現地に向かいたいと思いますが」

片倉管理官が声を弾ませて申し出た。

特殊犯捜査係は交渉訓練も積んでいるが、立てこもり犯などに対処するための突入の専門チームでもある。アサルトスーツは伊達《だて》ではないのだ。

「もちろん君たちに行ってもらう。特四係のマイクロバスを最前線基地としたい。最前線の指揮は片倉管理官にお願いしたい」

一瞬、冴美が不快に眉《まゆ》を寄せた。

このような最前線に警視クラスが臨場することはない。通常は指揮を執るのは警部補か、まれに警部である。

佐竹の判断は、冴美を信頼していないようにも見えなくはない。

「いや、特殊犯捜査担当に異動したての片倉さんが、突入の現場を見たいだろうと思ってな」

ゆったりとした口調で付け加えた佐竹の真意はわからない。

「了解です。島津の意見を聞いて最終的な判断はわたしが下します」

片倉管理官は迷いなく答えた。

「わたしはここに残って指揮本部と最前線基地の間の連携につとめる」

「僕も現地に行きたいのですが……」

織田理事官の申し出に二人の管理官は顔を見合わせた。

警察庁の職員に指揮権はない。織田は神奈川県警に対して指導する立場に過ぎないのだ。現地に行っても指揮官となれるわけではない。しかも織田はこの会議室にいる誰よりも階級が高い官僚なのだ。実際に指揮を執る冴美としては非常に厄介な存在に違いない。

警視正に対してまさか苦情を言えない冴美は、黙っていた。しかし、はっきりと不服の表情を見せている。

「織田理事官は乗ってこられた公用車がおありですよね」

片倉管理官が気遣わしげに訊《き》いた。

「ええ、ですが、マイクロバスに同乗させて下さい」

「わかりました」

きっと迷惑なのだろうが、片倉管理官は断ることができないに違いない。

「それから、真田さんも同道して下さい」

「わたしが……ですか？」

夏希は驚いて訊いた。

アサルトスーツの精鋭部隊が突入するような現場に夏希が臨場して何をすればよいというのだろう。

「真田分析官にもお役目がありましょうか」

片倉管理官は戸惑いの表情を浮かべた。

「いざというときに真田さんの意見を伺いたいのです」

「わかりました。真田分析官にもマイクロバスに乗ってもらいましょう」

夏希は冴美が嚙《か》みつきそうな顔で自分を見ていることに気づいた。

彼女にしてみれば、ＳＩＳの聖域を汚されるような気持ちになっているのだろう。

「島津、基地設置場所を決めてくれ」

片倉管理官は、取りなすような顔つきで冴美に指示した。

「了解です」

冴美は気を取り直したように答えると、六人の隊員とＰＣのマップを囲んで検討を始めた。

「とりあえず、俺たちも現場に行っていいですか」

加藤が佐竹管理官に訊いた。

「平塚のいるところに行きたいのだろう」

「そりゃ、犯人のいる場所に出向くのが仕事ですからね」

「いいだろう。加藤と石田はＳＩＳの後方支援に就いてくれ」

「ありがとうございます。じゃ、織田さん、後であっちでお会いしましょう」

加藤は石田を連れて会議室を出て行こうとした。

「あ、加藤さん、ちょっと待って」

夏希は加藤を追って廊下へ出た。

「なんだよ、後で会えるじゃないか」

「加藤さんはどう思いますか」

「なにがだよ」

「犯人が石川さんの携帯の電源を入れっぱなしだなんて不自然だと思いませんか」

「さぁな。平塚が抜けてるのかもしれんし、罠《わな》かもしれん。どっちとも言えるな」

「さっきの音声電話だって、レッド・シューズは発信元を秘匿するために気を遣っていました。アジトに戻るのに携帯の電源をずっと入れてきたなんてことがあるでしょうか」

「起爆のタイミングを計るために使ったのかもしれないぞ。誤爆などを避けるために特定の電話番号からの着信だけで爆発するような設定をすることはできる」

「あ、ちょうど移動中の時刻に起爆させたんでしたね」

「そうだ。起爆するタイミングを狙って電源を入れていたのかもしれない。まさか、電波を警察にキャッチされているとは思わなかったのかもしれないだろ」

「ありますね」

この仮説は成り立つ。とすれば、SISの出動は必要だ。

「ひとつだけ真田に言っときたいんだ」

「何ですか？」

「刑事なんてのは、仕事の九割以上は無駄な動きを避けられないんだ。一割の真実を摑《つか》むために無駄な汗を流すのが刑事だ」

「そうでしたね」

かつて福島一課長からもそんな話を聞いたことがあった。

「だから、いつまでも加藤さんの運転手してるんじゃなくて、早く上に行きたいんすよ」

石田がちょっとおどけた声を出した。

「ばかやろう」

加藤は石田の頭をはたいた。

「おまえはいつも楽することばかり考えてんじゃねぇか」

「あたりまえっすよ。勤めなんてのは楽してなんぼでしょ」

石田はぺろっと舌を出した。

「SISはあんな物騒な格好はしているが警備部のSATとは違う。犯人を確保することを第一義に考えている刑事部の人間だ。俺たちは警察機構のなかでもいちばん泥臭い仕事をしなきゃならないんだよ。真田もそうだ」

「わかりました。罠が心配だったんです」

「俺も心配だよ。だから、現場に行くんだ」

「そうだったんですか……」

「織田が待ちかねてるぞ。さっさと戻れ」

「はい、ありがとうございます」

加藤は片手をちょっと上げてエレベータへと消えた。

会議室に戻った夏希は息を呑《の》んだ。

片倉と冴美が立ち、対面に六人の隊員が立っている。

アサルトスーツの六名は全員、黒いヘルメットをかぶって完全装備だった。

その精悍《せいかん》な姿に夏希は圧倒された。

冴美が片手で指示すると、六人はタクティカルブーツで床を踏みならし、大股《おおまた》で出口へ向かい始めた。背筋を伸ばした冴美が最後に続いた。

その整然とした動きはまるで一つの機械のようであった。

「真田さん、行きましょうか」

夏希が見惚《みと》れていると、織田理事官が声を掛けてきた。

佐竹が見送るなか、夏希は織田、片倉とともに会議室を出た。

駐車場まで下りてくると、ＳＩＳは二台の車両で江の島署に来ていた。

一台は白いスモークを窓に張り巡らせたマイクロバスで、ルーフ上にアルミの大きなラックと数本のアンテナを備えている。もう一台は紺色に塗色された中型パネルトラックだった。

「マイクロバスは指揮車で各種の通信機器やPCを備えています。トラックは突入・制圧部隊の梯子《はしご》や照明器具、ファイバースコープなどさまざまな機材の運搬用車両です」

片倉管理官が教えてくれた。

夏希と織田理事官は片倉管理官の案内でマイクロバスに足を踏み入れた。

車内にはたくさんの無線機が備えられていて、天井から降り注ぐ白いLED照明に光っていた。

外から車内が見えないようにするためか、内部から外の視認性を上げるためか、照度は低い。

右側の窓際には、すでにキャップをかぶってヘッドセットを掛けた若い二名の隊員が椅子に座って任務に就いていた。会議室にはいなかった二人なので、ずっとここで通信業務に就いていたのだろう。

後方の向かい合ったベンチには六名の隊員が三名ずつ黙って腰を掛けている。夏希は再び息を呑んだ。ベンチの六名の突入隊員は機関銃のような物騒極まりない銃を手にしている。

最後方の椅子に座っている冴美が、夏希たちのほうを見てかるく会釈した。

「SISの突入部隊はサブマシンガンで武装しています」

片倉管理官は夏希と織田理事官に左側のキャプテンチェアを指し示した。

夏希たちは揃って入口側の中央部に座った。

二台の特殊車両は闇を切って横須賀市の秋谷を目指した。

移動する車内では誰もが無言だった。

時おり本部を含めた各部署からの無線が入電するが、めぼしい情報はなかった。

スマホの地図で見ると、秋谷は葉山町の南側に続く海岸地区で、横須賀市が湘南と接しているエリアだった。秋谷シーサイドビューは秋谷地区の真ん中から少し横須賀寄りで、国道一三四号を挟んで西側が相模湾という立地条件だった。立石岬という景勝地が目と鼻の先だった。

車窓の反対側に小坪オーシャンホテルが通り過ぎてゆく。駐車場にはまだ赤色回転灯が光っていた。報道陣と思《おぼ》しき車両も増えている。

三回目の爆発がマスメディアによって報道されれば、警察批判がますます強まるはずだ。

夏希の胸を重苦しいものがふさいでいた。

逗子海岸へ続く坂を下り始めると、目の前に暗い海がひろがった。この騒動とは裏腹に夜の海は静まりかえっていた。

第四章　想い出のアルバム

【1】＠二〇一九年十二月十五日（日）

秋谷には三十分足らずで到着した。

途中、湘南国際《こくさい》村という住宅地への分岐地点でバリケードが作られていた。パトカーが停まっていて、赤い誘導棒を手にした制服警官が道路を封鎖している。

加藤と石田も道路に立って封鎖に協力していた。

封鎖地点を過ぎてすぐに二台の特殊車両は身を潜めるようにして細長い駐車場に滑り込んだ。

冴美たちが最前線基地の設置場所として選んだのは海に面した県営立石駐車場だった。

秋谷シーサイドビューとは国道を挟んで直線距離で百メートルもない。おまけに駐車位置の前には建物があって道路の向こう側からはまったく見えない場所だった。

連絡任務に就いている二人の隊員を除いた全員がバスから降りた。機材運搬用のトラックからも二名のSIS隊員が降り立った。

潮の香りが心地よい。すぐ下で波の音が聞こえている。

五十台ほど駐《と》められる駐車場にはクルマの姿は見えなかった。

ものものしい六名の突入隊員がきちんと整列し、反対側に片倉管理官と冴美が立った。

「今回の任務では何よりもマル被に気づかれないように室内に潜入することが肝要です。潜入が気づかれればマル害のリスクが高まります。侵入も常に暗視スコープを用い、照明はマル被と遭遇するまで使用しないこと。マル被と遭遇したら、まずは閃光《せんこう》弾を使用すること。銃火器の使用はできるだけ避けるように。マル害の安全を確保するまでは認めません。本突入作戦はマル被の確保ではなく、マル害の救出のための作戦であることを常に念頭に置いて下さい」

冷たい空気のなか、冴美の声が凛《りん》と響いた。

「はいっ」

六人は声を揃えた。

マル被は被疑者、マル害は被害者をあらわす刑事用語である。こういう場合には端的に説明しやすくて便利だ。尾行などの対象者をマル対と呼ぶ。

「配置を繰り返します。建物一階には四方向に窓がありますが、ヨコハマ・ディベロップメントから入手した室内配置図を検討した結果、三方向から突入します。A班二名は国道側玄関の左側の窓から、B班二名は東側一〇一号室の窓から、C班二名は西側広間兼食堂の窓から潜入します。各班突入後は一階を捜索の上、中央階段から二階へ侵入します。ガラスカッターを使用する際には音を出さないようにじゅうぶんに留意して下さい。何か質問は？」

「とくにありません」

しばしの沈黙の後で副隊長と思《おぼ》しき隊員が答えた。

「じゅうぶんに身の安全を図って作戦を実行してほしい」

片倉管理官が緊張した声で下命した。

「はっ」

六人の声が響いた。

突入部隊はサブマシンガンを手に手に、さっと建物の向こうへ消えた。

身体は緊張にこわばっていた。が、たったいま目の前に繰り広げられた光景は夏希にとってはどこか現実味のないものだった。

夏希たちはバスに戻った。

車内には夏希と織田、片倉管理官、冴美と連絡隊員二人、運転手の七人が残った。

冴美は車両右側前方のモニターがいくつも並ぶコンソールの前に座った。

「あのモニターには、すべての隊員のヘルメットに装着されているビデオカメラからの映像やファイバースコープなどの映像が電波によって映し出されます」

片倉管理官が説明してくれたが、いまのところはぼんやりとしたもので暗緑色に光っているだけだった。

冴美の背中からはつよいオーラが放たれているような気がした。

夏希は息苦しくなってきた。

「外へ出てもいいでしょうか」

「本当は車内にいてほしいんだけど」

片倉管理官は口を尖《とが》らせた。

「ちょっと車酔いしたみたいなんです」

もう一つの目的があった。

冴美がちらっと振り返った。

「ああ、僕も一度出たいな。ちょっと外の空気を吸いたいのです」

織田が追随してくれた。

片倉管理官は困惑顔になった。

「バスから離れなければよいでしょう。しばらくはファイバースコープなどで室内のようすを確認する作業が続きます。突入まではしばらく掛かりますが、突入の前には車内に戻って頂きます」

「了解しました」

片倉管理官は渋い顔で同意した。

バスから降りて、夏希と織田は海へ向かって並んで立った。

目の前の小さく突き出た立石岬の向こうに江の島の灯台の灯《あか》りが光っている。

ロマンチックな光景と、いまの緊迫した状況のちぐはぐさが夏希には不思議に思えた。

「レッド・シューズと直接に電話で対峙《たいじ》して疲れたでしょう」

「はい、音声電話で犯人と話すのは初めてのことでしたから」

「いや、まさかこの海辺に真田さんとSISのクルマで来るとは思いもしませんでしたよ」

「そうですね……」

「真田さんは僕に話したいことがあるのではないですか」

「わかりましたか？」

「顔を見ていればわかります。前線本部ではSIS隊員やたくさんの人がいましたからね」

「では、お話ししますけど、突入は危険なのではないでしょうか」

「もちろん、SISの突入には常に危険が伴います」

「いえ、一般的な話ではありません」

「どういうことですか？」

織田は怪訝《けげん》な顔で訊《き》いた。

「レッド・シューズは発信元を秘匿するために留意していました。今回に限り、犯人が石川さんの携帯の電源を入れっぱなしだなんて不自然だと思いませんか」

夏希は加藤に話したのと同じ話を繰り返した。

「罠《わな》だというのですか」

織田の声が乾いた。

「加藤さんは、小坪オーシャンホテルの爆弾を起動するタイミングを計るために使った可能性も指摘していたのですが……」

「たしかにどちらの可能性もあり得ますね。しかし石川貞人さんが略取されてから、すでに二十四時間が経過しようとしています。人質の生存率は刻一刻と下がってゆきます。石川さんを救うために突入を敢行すべきではないでしょうか」

織田の言葉は間違っていない。だが、SIS隊員を危険にさらすことも避けたい。

「なぜ、レッド・シューズが罠など仕掛けるのだと思いますか」

「それは……」

夏希は自分のなかでもやもやとしている考えをなんとかまとめて言葉にしようとつとめた。

「三度の爆破と石川さんの略取によって、世間の非難は横浜市長と同じくらいにわたしたち神奈川県警に向けられています。なぜだと思われますか」

「神奈川県警の無能によって自分たちが守られていないという不安と不満からでしょう」

「その通りです。ここで突入が失敗し、警察が罠にはまるとどうなりますか？」

「残念ながら無能ぶりをさらけ出すことになるでしょう」

「無能が強調されれば、カジノ反対の大きな理由となるはずです」

「そうか、そういうことなのですね」

勘のいい織田はすぐに夏希の主張を理解したようだ。

「横浜にカジノができたら犯罪の発生も増えるという主張はひとつの反対理由です。神奈川県警が無能であるならば、犯罪の増大を抑制できないということにつながりませんか」

「カジノが開設された場合、神奈川県警はそれなりの犯罪抑止策を施行するはずです。いまのお話はまったくの仮定に過ぎず事実とは言えません。しかし、反対派の主張に油を注ぐことになるのは間違いありませんね」

「レッド・シューズは、直接的に横浜市を攻撃せずにヨコハマ・ディベロップメントを狙いました。これも横浜カジノ構想を推進するほかの企業を萎縮《いしゅく》させるための戦術だったような気がします。さらに警察を攻撃することで市民の不安感を煽《あお》る作戦をとっているのではないでしょうか」

織田は驚きの表情で夏希を見た。

「真田さん、あなたの優秀さには驚くばかりです」

「理解して下さってありがとうございます」

「しかしながら、罠が仕掛けられているという仮説の根拠はいささか希薄と言わざるを得ません。いまの段階では、石川さんを救出することに全力を尽くすべきです」

「そうでしょうか……」

「突入が失敗することも警察の威信を損なうでしょう。しかし、石川さんの身に何かあったら、警察の威信はもっとずっと大きく損なわれるに違いありません」

いつもの織田の思考方法だ。織田は常に警察組織の威信を守ることを第一義に考える。警察庁理事官という立場から仕方のないことだとは思っている。だが、織田という人間を夏希が最後までは信頼し切れていない理由であることはたしかだった。

しかし、今回に関しては真っ向から反対しにくかった。比較考量される価値が、はっきりしないSIS隊員の危険とはっきりしている石川貞人の危険だからである。

夏希は落ち着かない気持ちを持て余すしかなかった。

マイクロバスのドアが開いて片倉管理官が顔を出した。

「指揮本部から連絡が入っています」

夏希と織田はバスに戻った。

「福島一課長から織田理事官にお電話が入っています」

「みんなで情報を共有しましょう。スピーカーに音声を出して下さい」

「了解しました。スピーカーに出します」

通信係のSIS隊員がうなずいた。

「織田理事官、お伝えしなければならないことが出てきました」

「お願いします」

「現在、ＳＩＳは待機状態ですね」

「はい、秋谷シーサイドビューの周囲三ヵ所で二名ずつが待機しています」

「室内には相当量の爆発物が存在するおそれがあります」

「なにか新しい情報があるのですか」

「いままでの経緯をＡＩを使って分析したところ、レッド・シューズは次の犯行に用いる爆薬をまだ保有しているという結果が出ました」

そのような分析技術を県警が採用していたことを夏希は知らなかった。

「大いに考えられますね」

織田は低くうなった。

「いまそちらへアリシアと爆発物処理チームを出しました。彼らの到着を待って、爆発物の有無をおおまかに確認してからの突入にできませんか」

「どれくらいで到着しますか」

「一時間強で到着します」

「いま、片倉管理官に意見を聞いてみます。こちらからかけ直します」

「了解です。しばらく待ちます」

電話はいったん切れた。

「指揮本部は爆発物のおおまかなチェックを待ってから突入という方向性を打ち出して

いますが、皆さんはどう思いますか」

織田は車内を振り返って声を発した。

「冗談ではありません」

冴美が激しい口調で言葉を継いだ。

「すでに待機開始から二十分が経過しています。到着に一時間掛かるとのことですね。その後に爆弾探しをするのですか？　突入は待機開始から二時間後の二十三時頃となってしまいます。隊員たちが消耗してしまいます。待機がどんなに心身に負担を掛けるかご理解がないようですね」

冴美の声は怒りを含んで震えていた。

「理解しているつもりです。ですから、こうして皆さんの意見を聞いているのです」

織田は静かに答えた。

「第二に、突入の前にそんなことをしていれば、どんなに隠密に行動してもマル被に勘づかれる怖れは強いです。となれば、人質の生命《いのち》に危険が生じます。また、爆弾を発見した場合に、撤去せずに突入を敢行しろとの命令を下すことはわたしにはできません」

「島津さんは待てないと言うのですね」

「待てません。みすみす失敗するような作戦は実行できません」

冴美は強い口調で言い放った。

「幸いにも目的の建物は両隣は十メートル近く空いておりますし、手前は国道、奥は崖《がけ》です。近隣住民の避難も必要ないでしょう。国道は目的施設の両側で封鎖中です。市民への被害が生ずる怖れは少ないです」

片倉管理官が冴美の考えに同調した。

夏希はひりひりとするような危機感を抱いていた。

爆弾があるかもしれないというAIの分析は、夏希の憂慮するレッド・シューズの罠を裏付けるものに違いなかった。

冴美の反発は必至だが、どうしても発言しないではいられなかった。

夏希はあえて冴美の目を見据えた。

発言しようとしただけで、冴美からつよい視線を返された。

だが、ここでひるむわけにはいかない。

「わたしは、レッド・シューズが罠を仕掛けたのではないかと心配しています……」

いま織田に話したのと同じ説明を夏希は繰り返した。

「そんな根拠のない憶測のために、隊員を危険にさらすわけにはいきません」

冴美は気負い込んだ調子で言葉を叩《たた》きつけてきた。

「根拠のない憶測とは考えていません。自分なりの論理的帰結です」

「失礼ですが、真田分析官」

鼻の先にしわを寄せて冴美は夏希の名を呼んだ。

「なんでしょう」

「突入現場に初めて臨場されたのでしょう？　経験のない真田さんの意見に妥当性があるとは思えません。わたしたちは何度もこうした場面を経験しています」

冴美は皮肉っぽい調子で言った。

なぜだか腹は立たなかった。むしろ空しさを感じていた。

経験という言葉を持ち出されると、反論のしようがなかった。

「わかりました……わたしは素人ですので、もう申しません」

夏希はあきらめざるを得なかった。

ただただ自分の考えが杞憂《きゆう》であることを願うばかりだった。

「織田理事官、島津が心配するように隊員の気力体力が消耗することは避けなければなりません」

片倉管理官が諭すように言った。

「わかりました。専門家の判断にまかせましょう……福島一課長につないでください」

電話がつながった。

「福島さん、SISの片倉管理官と島津主任の意見では、アリシアや爆処理を待っている間に隊員の消耗が激しくなり、突入が失敗する危険性が高いと言うことです。突入と銃器の使用を許可して下さい」

夏希の身体はこわばった。

「わかりました。突入と銃器の使用を許可します」

「では、突入指揮は片倉管理官にとってもらいます」

階級が上でも織田理事官には指揮権がない。

「このまま回線をつないでおいて下さい。指揮本部でも推移を見守りたい」

「了解です」

二人の会話が終わると、マイクロバス内の温度が一挙に上昇したような錯覚を感じた。

キナ臭い臭いがするようにさえ感じる。

「A班青木《あおき》です。ファイバースコープを三ヵ所に挿入しました。室内の人影を視認できず」

突入隊からの無線が聞こえた。

モニターには荒れ果てたホテル内のようすがぼんやりと映っている。ぜんぶで三ヵ所、二ヵ所は客室で一ヵ所は広間のようだった。

「青木です。室内で人声をはじめとする音声を確認できません」

モニタースピーカーから遠い波の音が響くばかりである。

「もしかすると、誰もいないのかもしれない……」

通信係の一人がつぶやいた。

夏希のこころのなかで不安が黒雲のようにわき上がった。

「A班、ガラスカッターで窓ガラスをカット終了。突入口を確保しました」

「B班終了」

「C班終了」

三人の隊員の声が次々に響いた。

「よし、突入準備だ」

片倉管理官が抑揚のない声で告げた。

「準備完了」と三人の声が続いた。

片倉管理官は冴美に顔を向けた。冴美がかるくあごを引いた。

「突入！」

わずかに震える声で片倉管理官が下命した。

いくつもの足音が板床を踏みならす音が響いた。

夏希の心臓の拍動はどんどん上昇していった。

三秒くらい経ったときである。

くぐもった爆発音が響いた。

「なんなの っ？」

冴美が裏返った声を出した。

「何が起きた。報告せよっ」

片倉管理官が懸命に訊《き》いた。

張り詰めるような沈黙が続いた。

「玄関付近で爆発物が爆発。A班青木副隊長が負傷しました！」

若い隊員の緊迫した声が響いた。

「直ちに救急車を要請してください」

織田理事官が落ち着いた声音で命じた。

「了解、救急車を要請します」

通信係の隊員が前線本部に対して受傷の事実を報告し救急車を要請した。

「負傷の程度は？」

片倉管理官が喉《のど》を詰まらせたような声で訊いた。

「意識はあります。暗視スコープでは負傷の程度の確認は困難です」

若い隊員のこわばった声が返ってきた。

「照明の使用を許可する」

モニターの一画面が明るくなった。

うずくまっている人影がぼんやりと見える。

カメラは人影に近づいていった。

ヘルメットのシールドにLED照明が反射して表情はよく見えないが、人影は右手で腹部を押さえてわずかに動いている。

「腹部に裂傷がある模様。動静脈からの出血はなさそうです」

若い隊員の声が少し明るくなった。

片倉管理官は急《せ》き込むように下命した。

「青木副隊長の保護を最優先としろ。ほかの班は無事か」

ややあって無線の音が入った。

「B班小出《こいで》です。一階には人物の姿はありません」

「C班川藤《かわとう》です。二階も誰もいません」

ほかのモニター画面に人影のない室内が映し出された。

「やはり罠《わな》だったか……」

片倉管理官が悔しげに唇を噛《か》んだ。

「最前線基地、こちら前線本部。そちらで非常事態が発生したのか」

佐竹管理官のあわてたような声がモニターから聞こえた。

「突入直後に室内で爆発が起こり、副隊長の青木巡査部長が負傷しました。腹部に裂傷、意識はあります」

片倉管理官は沈痛な面持ちで報告した。

「なんということだ……」

佐竹管理官は絶句した。

「とにかく青木巡査部長を保護しなさい」

指揮本部の福島一課長が重々しく命じた。

「わたしがわたしが……突入を進めたせいで青木が……」

冴美は喉を詰まらせると、両手で頭を抱えてコンソールに突っ伏した。

「わたしには人を率いる資格なんてない」

冴美の背中が震えた。

「島津さん、落ち着いて下さい」

冴美の背中に手を掛けた。

夏希は驚いた。

振り向いた冴美の両の瞳《ひとみ》に涙があふれている。

「真田さん、あなたが正しかった。わたしはあなたの意見を聞かなかったせいで部下を怪我させてしまいました」

「とにかくいまは青木さんを保護しなければ……」

「そうですね。片倉管理官、隊員に指示をお願いします」

片倉管理官はうなずいてマイクに向かった。

「各隊員に告ぐ。一階正面玄関付近で青木巡査部長が負傷した。建物内に誰か潜んでいないかを慎重に確認の上、介添えしている杉原《すぎはら》巡査の応援に行くように」

「B班了解」

「C班了解」

救急車と思われるサイレンが近づいてきた。

「片倉管理官、ここを離れて現場に行ってもよろしいでしょうか」

冴美が姿勢を正して訊いた。

「青木巡査部長のところへ行ってやりなさい。ここは私が受け持つ」

片倉管理官はやさしい声を出した。

「ありがとうございます」

「わたしも行きます」

夏希も負傷の程度が心配だった。

バスを出て、工事中の建物の脇から国道へ出た。

冴美の足にはとても追いつかず、夏希は必死で道路を渡った。

赤色灯が光っている横須賀市消防局の救急車のリアゲートが開いていた。

すでに何台かのパトカーが道路脇に止まっていた。

加藤と石田の覆面も到着していた。

青木巡査部長はストレッチャーに乗せられていた。

救急車のまわりには残り五人の突入隊員が、サブマシンガンを手にしながら心配そうに青木を見ていた。

「青木くんっ」

冴美が叫びながら駆け寄った。

「隊長、へまやっちまいました」

弱々しい声で青木が答えた。

「何を言ってるの」

「建物内に人気が感じられないところで、もっと慎重になるべきでした」

青木はかすかに笑った後で顔をしかめた。怪我が痛むのだろう。

「あなたのミスじゃない。すべてはわたしのミスです」

「でも、よかった。こいつはたいした怪我じゃないです。すぐに原隊復帰できますよ」

「そんなこと考えないで、いまはよくなることだけを考えて」

「ありがとうございます」

青木はかるく目を閉じた。

ストレッチャーはリアゲートから車内に収まった。

「今回の任務は失敗です。みんな最前線基地に戻って」

「はい」

五人は言葉少なく応《こた》えた。

「どなたかお一人付き添って頂けますか」

救急隊員がその場に立つ者を見回しながら訊いた。

「杉原くん。お願いできる？」

「いいんですか」

「わたしも報告を終えたら病院に行きます」

冴美は杉原からサブマシンガンを受け取った。

「市民病院っ」

運転席で無線通信をしていた救急隊員が叫んだ。

「搬送先は横須賀市立市民病院です」

ドア横に立っていた救急隊員が告げた。

「わかりました。よろしくお願いします」

冴美は救急隊員に深々とおじぎをして頼んだ。

杉原が横のスライドドアから乗車すると、救急車はサイレンを鳴らして国道へと出た。

あっという間に救急車は小さくなり、カーブを曲がって佐島《さじま》方面へと消えた。

「わたしは経験を過信する愚を悟りました」

夏希と向かい合った冴美は深々と頭を下げた。

「経験はとても大切なものだと思います」

冴美の両手を夏希はかるく握った。

夏希の本音だった。結果は失敗に終わったが、隊員を指揮して突入へ持って行った冴美の力量は夏希の遠く及ばないところだった。

「真田さん……」

冴美の声は震えた。

「わたしはあなたのような勇気も冷静さも持っていません。経験が大切なことを痛感できました」

夏希の手を離すと、冴美は姿勢を正して深々と頭を下げた。

「これからはいろいろと教えて下さい」

「わたしにもたくさんのことを教えて下さい」

顔を上げた冴美は右手の指で涙をぬぐった。

「織田理事官から無線が入っています。パトカーでとって下さい」

側に立っていた地域課の警官が告げた。

「レッド・シューズから電話が入っています。真田さんに出てほしいと言っているので転送します」

織田の声もいくぶん緊張していた。

夏希は懸命に動揺を抑えた。

「はい、かもめ★百合です」

「プレゼントは受け取ってくれたかな。京極市長のふざけた記者会見に対する謝礼だ」

例のボイスチェンジャーの声が不快に響いた。

「京極市長とは関係のない、罪もない人を怪我させなくてもいいでしょ」

夏希は怒りをそのままぶつけてしまった。

「そうかな。銃器を手にして我々を捕まえようとした警官が罪もない人間なのか。敵ではないか」

レッド・シューズは平板な声で言った。

「石川さんを解放して下さい」

「要求がある。建物内に大事な忘れ物をしてしまった。お前の手で届けてほしい」

「大事なものってなんですか」

「娘のアルバムだ。一階広間の床の間にあるはずだ」

娘とは二年前に交通事故死した平塚陽菜のことなのか。

「じゃ、やっぱりあなたは……」

夏希の声を遮ってレッド・シューズは続けた。

「とにかく届けるのだ。このまま腰越《こしごえ》漁港まで来い。アルバムを持って来たら、引き換えに石川を渡す」

「わたし一人でですか？」

「そうだ。おまえが届けるのだ」

「そんなこと怖くてできません」

正直に言うべきだと思った。これは条件闘争でもある。

「石川が死んでもいいのか」

「でも、怖いものは怖いです。わたしはふつうの警察官ではないのです」

「心理分析官だったな」

「そうです。柔剣道もできないスポーツ音痴です」

レッド・シューズは奇妙な笑い声を立てた。

「よろしい。では、一名だけ付き添いを許そう。ただし、銃器を持っているとわかったら直ちに人質を殺す」

「ありがとうございます」

「では、腰越漁港に十一時半に来い」

「わかりました」

「これですべてを終わりにしてやる」

「本当ですか」

信じられる言葉ではなかった。

「ああ、いささか疲れた」

「信じてよいのですね」

レッド・シューズはこの問いには答えなかった。

「おまえの携帯番号を教えろ。こちらからその後の指示を出す」

夏希は自分の携帯番号を教えた。

「かもめ★百合に会えるのを楽しみに待っているぞ」

電話は一方的に切れた。

「現場にいる捜査員に連絡。目的建物の一階広間の床の間からアルバムを探してきてくれ」

パトカーの無線から片倉管理官の声が響いた。

「真田さん、県営駐車場に戻って下さい」

続けて織田の声が無線から聞こえた。

夏希は国道を渡って駐車場に戻った。まだ封鎖は解除されていないのか、通行車両はなかった。冴美も後から従《つ》いて来た。

マイクロバスからの照明であたりはかなり明るかった。

織田がドアの前で待っていた。

「真田さん、犯人との通話、お疲れさまでした。大役を引き受けて頂きありがとうございます」

「いえ、あの流れでは断るわけにはいきませんでした」

「でも、真田さん、これも罠《わな》ですよ」

織田は眉《まゆ》を寄せて不安げな顔を見せた。

「わかっています。でも、レッド・シューズの呼びかけに応《こた》えないわけにはいきません。きっといまの会話は録音されているでしょう。もし、わたしが応えなかったら、彼は録音内容をネットに流すに決まっています。そうなれば、県警はまた非難されます」

「あなたのおかげで警察の威信は傷つかずに済んだ」

こんなときにも織田は警察の威信が重要なのか。

「とにかく、石川さんを救出しなくてはならないですから」

夏希としては石川を一刻も早く解放したいという気持ちしかなかった。略取されてからすでに二十四時間を経過している。

ていた。

「しかし、とても心配です。私が同道しますよ」

「ありがとうございます。でも、織田さんには後方支援をお願いしたいです」

いざなにか起きたとき、立場が上で優秀な織田が仕切ってくれるとありがたいと思っていた。

しばらくすると、一人の制服警官が真四角の写真アルバムを持って走ってきた。

「電話で指示されたとおり、一階広間の床の間に置いてありました」

「ちょっと見せて下さい」

「手袋をして下さい。後で指紋を採取しますので」

夏希は内ポケットから白手袋を取り出して両手にはめた。

パラパラとめくってみた。愛くるしい小柄な少女の写真ばかりだった。

高校の制服らしい紺色のブレザーを着た写真も何枚もあった。

平塚陽菜に違いない。

瞳《ひとみ》が大きく、とても純粋な表情が印象的だった。この少女の未来が事故によって奪われたと思うと夏希の心は痛んだ。

一人の写真ばかりなので、どうやらほかのアルバムから移した写真集のようだった。

「真田さん、私が付き添います」

冴美も申し出てくれた。たしかに犯人制圧の訓練を受けている冴美に付き添ってもらえればありがたい。

石田が運転する覆面が駐車場に入ってきた。

加藤と石田が下りてきた。

「ありゃあ完全に敵の罠だぞ。俺が付き添ってやるよ」

「加藤さんありがとう。でも、今回のデートのお相手は違うの」

「俺は嫌ですよ。そんな危険な任務」

口を尖《とが》らせて石田は拒んだ。

「石田くんには頼んでないから」

「あ、そりゃよかった」

「おまえ、それでも男かよ」

加藤は石田をはたいた。

「痛いな、もう」

加藤は不思議そうに訊《き》いた。

「ところで、意中の人は誰なんだ？」

「いまにここに来るから」

夏希は笑って答えた。

【2】 @二〇一九年十二月十五日（日）

鑑識バンは稲村《いなむら》ヶ崎《がさき》の切り通しを越えていた。

夏希は陽菜のアルバムを胸に抱いて助手席に座っていた。

「あのね、どうして俺なわけ？」

ステアリングを握る小川は不満げな声を出した。

「あなた一人なら頼まなかったよ。ＳＩＳの島津さんのほうがずっと頼りになる」

小川は露骨に舌打ちをした。

「アリシアのお供って言うわけか」

「そういうこと」

リアラゲッジルームのケージのなかでアリシアはうずくまっていた。夜も遅いので、もしかすると寝ているのかもしれない。

「アリシア連れてっても大丈夫なのか」

「だって一人はいいって言ったのよ」

「一人と一匹じゃないか」

「小川くんはアリシアとコンビ組んで一人前じゃないの」

「そんな理窟《りくつ》が犯人に通用するかよ」

「連れてくるなって言われたら、そのとき考えるよ」

「なぁ、絶対罠だぜ。これ」

「そんなことわかってるよ」

「じゃあなんで……」

「だって、石川さんと引き換えって言ってるのよ」

「信じてるのかよ」

「半分は信じてる。レッド・シューズだって、いつまでも人質を抱えてるのは大変だと思う」

小川は聞いているのかいないのか、別の話を振った。

「後ろに続いてる箱バンはSISだな」

鑑識バンの後ろにはシルバーメタリックの地味なキャブオーバー・バンが続いていた。冴美とSISの隊員四名が乗っている。

「そう。秋谷駐在所に協力要請して地元の方から借りたんだって。隊員は着替えも借りて一般人に変装しているんだよ」

「サブマシンガンは使えないな」

小川は喉《のど》の奥で笑った。

「あれは目立ちすぎだよね」

「昼間なら迷彩服着てりゃ、サバゲだとごまかせるかもな」

「サバゲって？」

「サバイバルゲームのことだよ」

「それおもしろいアイディアだね」

夏希は声を立てて笑った。妙に饒舌《じょうぜつ》になるのは、恐怖を押し殺しているためだろう。喋《しゃべ》っていないとおかしくなりそうだった。

このハイな感覚は自覚的なものではない。怪我や病気、運動などによって生ずる痛みや苦しさを鎮静化するために脳内麻薬とも呼ばれるエンドルフィンが自然に分泌されるためである。ランナーズハイなどが典型例である。

「ところでさ、レッド・シューズの声のクリーニングうまくいかなかったんだ」

「そうなの……」

「ボイスチェンジャーが複雑なアルゴリズムで元の音声を改変しているんだ。どうやってもクリーニングできないらしい」

「じゃあ、声紋照合もできないね」

「ああ。それから初音マリーナから採取した破片は、やっぱりドローンのプロペラだったよ」

「小坪オーシャンホテルからは、ずいぶん遺留品出たらしいけど、何かわかった？」

「バカ言うなよ。まだ科捜研に着いたばかりだよ。解析はこれからさ」

「あ、そっか」

あの現場からずいぶん長い時間が経っているような錯覚を感じていた。緊張の場面が続き、夏希はすっかり時間感覚を失っていた。

いまも緊張は続いている。いや、むしろ昨夜からいちばんつらい緊張に耐えていると言ってもよい。

だからこそ、小川と気楽な会話を続けられることがありがたかった。

もしかすると小川を選んだのは、こうした気楽な会話をできる唯一の相手だったからではないだろうか。

会話の相手が織田だったら、こうはいかない気がする。

なぜだろう。夏希は織田を好もしく思っているのに。

織田に対しては妙に構えてしまうからだ。恥をかきたくないという気持ちがつよいからなのだ。

では、小川だとどうしてそういう気持ちが起きてこないのだろう。

夏希がそんなことを考えるのも、この先に待っている恐怖を忘れたいがための《獲得的セルフ・ハンディキャッピング》の一種なのだ。

小動岬《こゆるぎ》を過ぎて坂を下ると、左手に腰越漁港が見えてきた。

夏希ののどがごくりと鳴った。

夜遅くとあって腰越漁港の駐車場のゲートは閉じられていた。

小川はすぐ横の歩道にクルマを乗り入れた。腰越漁協の建物の前だった。

ＳＩＳのバンは道路の反対側の小径《こみち》へ入っていった。

隊員たちはひそかに漁港へ侵入するはずだ。

「二十三時二十三分。指定時刻まで七分だ」

小川の声もこわばっている。

二十三時三十分。夏希のスマホが鳴動した。

夏希の全身は瞬時にして硬直した。

膝《ひざ》がガクガク震える。

必死でスマホの画面をタップして電話に出た。

「はい」

「クルマから降りて漁港に入れ」

クリーニングできないボイスチェンジャーの声だった。

「わかりました」

「アルバムは持って来ただろうな」

「持って来ました」

「付き添いは何者だ？」

「刑事部の鑑識課員です」

「銃器は持っていないな」

「持っていません」

「では、腰越漁港に入って赤灯台のある左手奥の堤防方向へ進め」

「左手奥の堤防へ行くのですね」

「そうだ。また電話する」

電話はそこで切れた。

「マル被から着信。腰越漁港内、左手奥の堤防へ行けとの指示を受けました」

小川が無線で連絡している。この通話内容は傍受できないはずだ。

「了解、特四係が追従する」

片倉管理官の声が返ってきた。

「下りるぞ」

「うん……」

夏希の声はかすれた。

小川はリアゲートを開け、アリシアをケージから出した。

しゅるっと道路に下りてきたアリシアは、夏希の顔を見て激しく尻尾《しっぽ》を振った。

「お願い、アリシア。わたしを守ってね」

夏希は屈《かが》み込んでアリシアを抱きしめた。

ぬくもりが伝わってきて涙が出そうになる。

アリシアの匂いもあたたかく感じる。

「さぁ、アリシア。真田を守るぞ」

アリシアは小川の顔を見上げて、くうんと鳴いた。

二人と一匹はフェンスを無理矢理越えた。

アリシアの跳躍は見事だった。

きれいな動きで一挙に八十センチほどのフェンスを乗り越えた。

一方、夏希はじたばたとフェンスによじ登ってあたふたと反対側に下りた。

アルバムは一時的に小川が持っていてくれた。

漁港に入ると、潮の香りをのせた風が夏希の顔につよく吹き付ける。

「寒いね」

「もっと暖かい格好してこいよ」

小川は口を尖《とが》らせた。

ボア付きの鑑識ジャンパーはあたたかそうだ。

夏希は上杉のことを思い出した。

冬場の夜間にこんな格好では叱られるだろう。

トレンチコートはこうした任務には不向きなアウターであることを思い知らされた。

腰越漁港には右手に真っ直ぐな堤防が延び、左手に直角に曲がって港全体を守るような長い堤防がある。さらに港内にも左手から小さい堤防が直線に延びていた。

左の堤防に向かう途中は奥行きが二百メートルほどもある広い駐車場となっている。

駐車場には数台の車が駐《と》まっているだけで、がらんとしていた。

赤灯台のあるのはいちばん外側の堤防の突端だった。

右手の堤防には、何人かの人影が街灯に照らされてぼんやりと見える。

入口の掲示によれば、夜間は漁港への立ち入りは禁止だそうだが、ルールを守らない釣り人がいるのだろう。

時おり電気浮きが宙に光る。

あの中にレッド・シューズがいるかもしれないと思うと、夏希の背中に寒気が走った。

なぜか奥の堤防には人影が見当たらなかった。

入口から遠いためか、釣果が上がらない場所だからなのだろう。

夏希が先頭を歩き、少し離れて小川がアリシアのリードを手にして従《つ》いて来ている。

背後にはSISの隊員が追従しているはずだが、振り向くことははばかられた。

駐車場の中ほどまで歩いたときに、ふたたびスマホが鳴動した。

「左手の堤防へ向かっているな」

「はい、駐車場の真ん中あたりまで来ました」

「よし、右手を見ろ」

「右手ですか」

「手こぎボートがもやってあるはずだ」

右手を見ると、公園で見るのより一回り大きいくらいのボートがぽつんと一艘《そう》、係留されている。ＦＲＰ製でわりあい幅が広い。

「ありました」

「そのボートに乗れ。オールも置いてある」

「え？　ボートに乗るんですか」

「二度も言わせるな。ボートに乗るんだ」

不機嫌な声が響いた。

「わかりました」

「沖へ出て、真っ直ぐ南へ漕《こ》いでゆけ。五分後にまた電話する」

電話は切れた。

「あのボートに乗って沖へ真っ直ぐ漕ぎ出せって」

「なんだって」

小川は小さく叫んだ。

「二人きりにするつもりなのね」

「そうだ。ＳＩＳに気づかれたのか」

眉間にしわを寄せた憂慮の表情で小川は答えた。

「違うと思う。最初からボートを用意してたんだから」

「そうだな」

「ね、ボート漕げる？」

「漕げるさ。俺は海辺で育ったんだ」

「初めて聞いた」

「初めて言った」

「仕方ないよ。ボートに乗ろう」

小川は無線機を取り出した。

「マル被から着信。港内に係留してある手こぎボートに乗って沖へ漕ぎ出せと指示されました」

「そうか。これで追従は不可能になったな。こちらはヘリの用意はできていないからな。仮に腰越漁港からほかのボートで追尾すれば目立ちすぎる。沖合に江の島署の警備艇を廻《まわ》すように手配するが、今後、しばらく支援はできないので、じゅうぶんに注意して身の安全を図れ」

片倉管理官が懸念するような声を出した。

二人と一匹はボートへ歩み寄っていった。

小川がフラッシュライトでボートを照らした。

かなり老朽化して陽に灼《や》けたＦＲＰが劣化しているようなボートだったが、ゴミなどは見当たらなかった。

夏希は、アルバムをまずデッキに置いた。

最初に小川が乗り込み、続いてアリシアが、最後に夏希がボートに乗った。

「ふらつくなよ。落ちたら凍死だぞ」

悪態をつきながら、意外にも小川は手を差し伸べてくれた。

小川の掌《てのひら》はあたたかかった。

夏希が舳先《へさき》に、アリシアが真ん中に、小川が艫《とも》に座った。

小川は器用に舫《もや》い綱を解《ほど》き、ボートは海へと滑り出した。

幸い波は穏やかで、舷側《げんそく》に当たる波音も静かだった。

夜の海に小川が使うオールの音が響き続ける。

アリシアは珍しそうに首を回してあちこち見ている。

「アリシアは乗り物好きなんだ。この船旅も少しも嫌がってないよ」

「よかった。アリシアが船酔いしたら困っちゃうもんね」

漕ぎ出してしばらくすると、スマホが鳴った。

「ボートに乗ったな」

低い威圧的な声が響いた。

「沖へ向かって漕ぎ出しました」

「前方に灯《あか》りが見えるだろう」

「はい、見えます。あれは船ですか」

「マリブIIというプレジャーボートだ。あの船を目指せ」

「わかりました」

「十分後にまた電話する」

電話は切れた。

「あのマリブⅡって船を目指せって」

「こんな小さいボートで嫌だな」

「頑張ってよ」

「潮流が早いと流されちまうよ」

小川は不安そうに鼻を鳴らした。

「しょうがないじゃない」

「真田は夜の海の怖さを知らないんだよ」

「わたしだって海辺の育ちだよ」

「そうだっけ」

「函館の谷地頭《やちがしら》ってところで、すぐ近くに漁港もあるよ。函館はマリンレジャーが盛んな土地柄だから、子どもの頃はよく友だちのお父さんに船に乗せてもらってたんだよ」

「初めて聞いた」

「初めて言った」

二人は顔を見合わせて笑い合った。

ガチガチに緊張しているはずなのに、小川といると笑えるのが不思議だった。

「とにかくあの船を目指すんだな」

「お願い」

ボートはいっそう速力を上げて船影に近づいていった。

マリブⅡは三十フィート以上はあるモータークルーザーだった。

アンカリングされているらしく動きはなかった。

夏希はシフォン◆ケーキに略取された時のことを思い出して不快感がこみ上げた。

そういえば小西《こにし》とのデートの時に、江の島を挟んだこの場所の反対側にアンカリングしてシャンパーニュを飲んだことがあった。

あのクルーザーよりはずいぶん小さいが、それでも豪華な船には違いない。

いったい誰の持ち船なのだろうか。

キャビン内からあたたかい光が漏れている。

スマホが鳴動した。

「あの船の艇尾にボートを着けてスターン・デッキにアルバムを置け」

「スターン・デッキってなんですか」

「艇尾のデッキだ。右側にラダーがあるからそこから上れ」

「わかりました」

「アルバムを置いたらボートに戻れ。置いたことを確認したら、石川を解放する。ボートに乗せて帰れ」

「本当ですか」

「ああ……電話を切るぞ」

電話は切れた。

「艇尾に廻《まわ》って、スターン・デッキにアルバムを置けって。置いたことを確認したら、石川さんを解放するって」

「本当かな……」

小川は疑わしげな声を出した。

「まぁ、指示通りにするしかないでしょ」

罠《わな》はどこに仕掛けられているのか……。しかし、いまはとりあえず指示に従うしかない。

ボートはマリブⅡの艇尾に廻った。

白い船体にMALIBUⅡと黒く船名が浮き上がっている。

艇尾まで十メートルほどに迫ったときである。

「うおぉん、うおぉおん」

アリシアが激しく鳴いた。

両耳がピンと尖《とが》っている。

「まずいぞ。あの船には爆発物が積まれてる」

「え……」

「アリシアの鳴き方を見ろよ」

「うおぉおーん」

アリシアは艇尾を見据えて激しく鳴き続けている。

「逃げるぞ」

「だって、石川さんが」

「このまま木っ端みじんになってもいいのかっ」

「わかった」

「アリシアをおさえていてくれ」

「うん」

夏希はアリシアを抱きしめた。

鼓動が伝わってきた。

小川は力一杯漕《こ》ぎ始めた。

振り返ると艇尾がどんどん遠ざかってゆく。

百メートルほど離れた。

目の前がぱぁあっと明るくなった。

どーんという爆発音が水面に響き渡った。

数メートルはある火柱が立ち上った。

「クルーザーが……」

夏希は声を失った。

「助かった」

小川は息をついた。

「燃えてる」

樹脂素材のプレジャーボートだけに火のまわりは早かった。

マリブⅡは完全に炎に包まれている。

「ああ、これが敵の罠だったんだ」

「石川さんは」

「わからないが、救助要請はしよう」

小川は無線機を取り出した。

「マル被から指示されたプレジャーボートに向かったところ、爆発炎上した。当方は被害なし。プレジャーボートに乗り組み人員がいる可能性あり、至急、救助されたし」

「爆発炎上は沖合で待機中の江の島署警備艇『べんてん』からも視認した。同警備艇を現場に向かわせる。真田警部補と小川巡査部長は腰越漁港に帰還せよ」

「了解。帰還します」

「二人とも無事でよかった」

片倉管理官のほっとした声が響いた。

「ありがとうございます」

「通信終了するぞ」

「了解です」

夏希は覆い被《かぶ》さるようにしてアリシアを抱きしめた。

「アリシア、ありがとう。また、わたしたちを守ってくれたのね」

身体を離すと、アリシアはぺろっと夏希の頬をなめた。

力強いエンジン音が海上に響き渡った。

サーチライトが海面を明るく照らしている。

「来たな。あの警備艇はいつぞや真田を乗せて帰った船なんだぞ」

「そうだったの。あのときはお世話になりました」

夏希は『べんてん』に向かって頭を下げた。

「石川さんがあの船に乗っていなかったことを祈るばかりだな」

「そうね……」

夏希の声は乾いた。

「あの爆発炎上ぶりではまず助かるまい」

小川はうそ寒い声を出した。

第五章　追いついた真実

【1】 @二〇一九年十二月十七日（火）

月曜日、夏希は日曜日の代休を取った。

よほど疲れていたのか、半日以上ベッドから起き上がれなかった。

朝のニュースで、県警と海保が夜が明けてから石川貞人と平塚明広の遺体を収容したと知って、一気に疲れが出てしまったらしい。

（石川さんを救えなかった）

この事案に携わった一人として苦しさを逃れることはできなかった。

昼休みくらいの時間だろうか。

スマホが鳴動している。

もうろうとした意識の中で夏希はスマホを手にした。

《iコネクト》にメッセージが入っている。

知らないアカウントなので無視しようと思ったのに、手が滑って開いてしまった。

——土曜日にお目に掛かった脇坂安希斗です。今週の土曜日にドライブに行きませんか？

メッセージを削除しようと思って二度目に手が滑った。「いいね！」をタップしてしまったのである。

（しまった！）

後悔したがもう遅い。

——嬉《うれ》しいなぁ。では土曜日にご自宅にお迎えに上がります。絶好の夕焼けポイントにご案内しますね。

仕方がないので、もう一度「いいね！」をタップして返信をすることにした。

——土曜日の夕方、戸塚駅前でお待ちしてます。

少なくとも自宅は知られたくなかった。

夏希はスマホをベッドのサイドテーブルに置いた。

（後で断ろう……）

そう思いつつ、ふたたび夏希の意識は遠のいた。

部屋の窓からオレンジ色の光が差し込んでいる。

鉛のように重かった身体はすっかり回復している。

夏希はひとつの楽しみであるバスタイムの準備に取りかかった。

寒くなってきてからフルーツ風呂《ぶろ》に凝り始めた。

各地でゆず風呂に入る風習がある冬至《とうじ》は今度の日曜だが、フルーツ風呂にはさまざまなメリットがある。

みかん、レモン、グレープフルーツといった柑橘《かんきつ》系のほかに、リンゴ風呂もよい。信州小諸《しんしゅうこもろ》の中棚《なかだな》温泉はリンゴ風呂で有名である。夏希も希美と一度だけ訪れた。島崎藤村《しまざきとうそん》が愛した老舗《しにせ》旅館で、内湯のリンゴ風呂と、浅間山《あさまやま》の絶景が望める露天風呂が楽しかった。千曲川《ちくまがわ》沿いだが高台にあるため、秋の水害の影響は少なかったらしい。

中棚温泉を思い出して今夜はリンゴ風呂を試すことにした。おうち温泉である。

りんごポリフェノールには美肌・美白効果と肌の老化を防ぐ効能があり、化粧品にも使われるセラミドには肌の保湿効果がある。乾燥しがちな関東地方の冬場にはぴったりである。

注意すべきなのは、リンゴの皮には農薬が残存していることも少なくないことである。肌があまり強くない夏希は肌荒れを起こしてしまうことがあるので、皮を使うときには無農薬リンゴを選ばなければならない。

だが、もっと簡単な方法がある。皮は捨てて実だけをすりおろして湯に入れればよいのである。手間は掛かるし、バスタブの掃除は面倒になるが、美肌効果には換えられない。いちばん安いリンゴでよいので意外と経済的である。

夏希はキッチンでリンゴを一個の半分ほどすりおろした。バスルームに入っていちばんにバスタブの湯に入れる。

気持ちいい。思わずおっさんのようなうなり声が出てしまう。

手足を伸ばしてゆったりと湯につかる。いつものように防水スピーカーからBGMを流す。

ラウンジ系のコンピ・アルバムが多いのだが、今夜は珍しくカミラ・カベロのセカンドアルバム『ロマンス』を聴いた。

キューバのハバナ生まれでフロリダ育ちの二十二歳だが、二〇一七年に発表された故郷への思いを歌った『ハバナ』は全米ばかりでなく世界各地のヒットチャートで一位を獲得した。キュートでリズム感抜群のラテンの歌姫の創り出す世界はとにかく心地よかった。

今月の六日にリリースされた『ロマンス』は「恋に落ちる感覚を表現した」というコ

ンセプトに惹《ひ》かれて手に入れた。

湯から上がると、ひとりきりの楽しい酒宴である。

夏希はシェリーを好んで飲む。栓を開けてもいつまでも劣化しない大航海時代の酒は、おひとりさまにはぴったりなのだ。

食材を揃える暇がなかったので、今夜はアンチョビやスタッフドオリーブ、チーズ、コンビーフ缶などとクラッカーで適当なカナッペを作った。

他人様《ひとさま》に出せるものではないが、夏希一人が納得すればそれでよいのだ。

さわさわと鳴るまわりの林の音も心地よく、すっかり上機嫌の夏希の夜は続いた。


火曜日に夏希は県警本部に呼ばれた。

叱責《しっせき》される覚えはないので、何の用だかわからなかった。

だが、中華街の近くにある科学捜査研究所と海岸通《かいがんどお》りにある本部庁舎は直線距離だと一キロ程度しかない。

せっかくだからコンサバ系でもすっきりとシックな装いをと考えてアイテムを選んだ。

モヘヤウールの黒のタートルネックとグレンチェックのペンシルスカートに、キャメル色のVネックタイプのノーカラーコートのコーデに身を包んで夏希は家を出た。

指定された小会議室で黒田刑事部長と福島捜査一課長が待っていた。

「真田くん、日曜日はご苦労だった」

黒田刑事部長はゆったりとした笑みとともにねぎらいの言葉を掛けた。

「石川さんも平塚さんも助からなかったんですね」

「残念な結果に終わってしまった。江の島署の警備艇総出で救出に向かったし、第三管区海上保安本部からも巡視艇を出してもらったんだが、遺体の回収しかできなかった」

「非常に残念です」

夏希は声を落とした。

「奇妙なことがひとつあってね」

福島一課長があいまいな表情で言った。

「なんでしょうか」

「平塚明広はたしかに日曜日のあの爆発で死亡したのだが、石川貞人の推定死亡日時はずっと前なんだ」

「え……」

夏希は自分の耳を疑った。

「そうなんだ。我々は平塚が土曜日に石川さんを略取したと思って捜査をしていた。だが、石川さんの死は、金曜日の九時過ぎだ。午後九時三十七分に自宅付近を散歩中だった石川さんを略取していた。駐車車両の防犯カメラの解析からその真実がわかった。金曜日の死亡推定時刻からすると、その晩のうちに平塚は石川さんを殺害してたんだ」

夏希は驚いて訊《き》いた。

「金曜日の夜から石川さんが行方不明だったのでは奥さんが心配したのではないですか？」

夏希の問いに福島一課長は苦笑いを浮かべて答えた。

「石川は別荘に泊まる際には、仕事のことを静かに考えたいから電話するなと奥さんに言いつけていたらしい。要するに山口と逢い引きするのに邪魔だったんだろう」

「そういうことですか……だとすると、平塚は、遺体を人質にしてわたしたちを脅迫していたというわけなんですね」

「そうだ。平塚は石川さんを殺してしまってから、ヨコハマ・ディベロップメントを攻撃するために狂言誘拐の筋書きを書いたんだろう。もしかすると殺すつもりはなく、誤って殺してしまったのかもしれない」

「では、爆破事件はなぜ……」

「誘拐だけでは世間への影響が小さいと考えたのではないか。誘拐は家族以外にとってはしょせんは他人事《ひとごと》だ。しかし爆発を起こすと脅せば周辺住民の誰もが自分のこととして考える。世間の非難を巻き起こしたかったのだろう」

いちおうは納得のできる説明だった。

「動機は推定通り、娘さんを交通事故で奪われた恨みを晴らしたかったということなのでしょうか」

「そうだ。だが、そもそも石川さんが運転手に無理なスピードで走ることを強要したことが事故原因だったらしい。昨日、平塚明広の自宅を家宅捜索した。横須賀市田浦《たうら》のアパートだ。押収した平塚の日記にはそのことが詳しく記されていた」

「法的には石川さんの責任は問えなかったのですね」

「業務上過失致死に教唆犯というのは成立し得ないからね。いくら強要されても、自動車の運転者は法定速度を遵守して運転する義務がある。刃物で脅してスピード違反を強要したというのなら別の話だが、クビにするぞと言われても運転者は暴走運転をしていいわけではない」

「一般従業員と専務の関係ですし、言ってみればパワハラでしょう。交通事故についてまったく責任がないというのは、なにか理不尽な気がしますね」

「平塚はそう思ったのだろう。運転手が病死したことで、すべての恨みは石川さんに向けられたというわけだ。彼の日記には何度も何度も石川さんを憎み呪う言葉が綴《つづ》られていた」

「では、平塚明広の狙いは横浜市ではなく、最初からヨコハマ・ディベロップメントだったんですね」

「その通りだ。平塚はとにかくヨコハマ・ディベロップメントの評判を傷つけたかったんだ。坊主憎けりゃ袈裟《けさ》まで憎いというやつだな。平塚はカジノなんてどうでもよかったんだよ。それは名目に過ぎなかったんだ」

なるほど納得できるところが多々ある。

「わたしは平塚の単独犯ではないように思っていましたが……」

福島一課長はうなずいて言葉を続けた。

「そのひとつの理由が、土曜日に山下埠頭《ふとう》で爆発を起こし、一時間後に葉山で石川専務を略取するというのは時間的に厳しいことにあった。だが、石川さんが前日に殺されていたことから、この理由は消滅した。押収した証拠品の中にあるノート・パソコンからボイスチェンジャーソフトも発見されている。レッド・シューズは平塚明広だったんだ」

「通信記録は見つかったんですか」

「記録そのものは見つかっていないのだが、部屋からは何枚かの違法ＳＩＭカードも見つかっている。平塚がその手の技術に詳しかったことははっきりしている」

「火薬の入手先はわかったのですか」

「まだ判明していない。火薬の入手先も、平塚が携帯電話起爆式の爆弾を作製する技術をいつどこで身につけたのかも不明だ。今後の捜査を待つしかない」

だが、被疑者が死亡してしまえば送検しても起訴することはできない。今後の捜査はほとんど行われないというのが実情だ。警察はとにかく多忙なのである。

「マリブⅡというあの立派なプレジャーボートは誰のものだったのですか？」

平塚の船であるはずはない。

「あれはヨコハマ・ディベロップメントの所有艇だ。厚生施設扱いになっている。石川専務も鍵《かぎ》を持っていたので平塚が奪ったのだ。ふだんは秋谷マリーナに係留されていて、石川さんは自由に使うことができた。会社は平塚に盗まれていることには気づいていなかったんだ。平塚は二十五歳の時に一級小型船舶操縦士免許を取得しているので船の操縦はできたんだ。平塚は金曜日に石川さんを略取した後はあの船をアジトにしていたものと思われる。船内の証拠品はことごとく海に沈んでしまったので詳しいことはわからなくなってしまったが……」

いちばんの謎を夏希は口にした。

「なぜ、平塚は船を爆破して自ら生命を絶ったのでしょうか」

「本人も秋谷で電話を掛けてきたときに言っていただろう。疲れたんだよ」

「本当にそうなんでしょうか……」

どうももうひとつ納得しにくかった。

「追い詰められた人間の考えることはわかりにくい。平塚が死んでしまった以上、その内心は永遠に謎のままだな」

福島一課長の言葉に黒田刑事部長もうなずいた。

「青木巡査部長のお加減はいかがですか」

「全治二ヶ月の重傷だ。だが、生命に別状はなく、腹部だけに後遺症も残らないようだ」

黒田刑事部長がほほえみながら答えた。

「小坪オーシャンホテルで受傷した従業員の方はどうですか」

「全治一ヶ月だそうだ」

「よかったです」

「本当によかった」

黒田刑事部長は顔をほころばせた。

「真田くんは今回、本当によくやってくれた。これからもいまの気持ちを大切に職務に励んでほしい」

夏希を呼んだ理由はこの一言にあったようだ。

黒田刑事部長は警視長であり、夏希にとっては雲の上の人である。

その刑事部長から直々に褒められるというのは大変に名誉なことだった。

「過分なお言葉、まことに恐縮です」

夏希は深々と頭を下げた。

二人を見送って小会議室を出て、エレベータで一階に下りた。出口へ続く廊下を歩いていると、見慣れたアイスブルーのマウンテンパーカーを着た男が向こうから歩いてくる。

「上杉さん！」

刑事部根岸《ねぎし》分室長の上杉輝久《てるひさ》警視だった。

キャリアなのに出世街道をはずれた一匹狼の上杉とは、バディを組まされ、死にかけたこともある。

だが、夏希は上杉の能力を尊敬していたし、デリカシーがない男だが憎めなかった。

「おう、真田じゃないか」

上杉は陽に灼《や》けた顔に、本当に嬉《うれ》しそうな笑みを浮かべた。

「何でこんなところにいるんですか？」

「何言ってるんだ。俺は刑事部の人間だぞ。ここにいるのがあたりまえじゃないか」

本部に戻してもらえたと言うことなのだろうか。

「じゃ、根岸分室は？」

「用が終わったら根岸に帰るさ」

「なんだ。本部に戻れたわけじゃないんですね」

夏希は声を立てて笑った。

「真田、なんだか前より性格悪くなってないか？」

「そうですか？」

「刑事たちに染まるなよ。あいつらガラが悪いからな。たとえば佐竹とかよ」

「上杉さん」

「なんだよ」

「それ言える立場ですか」

「まぁそうだな」

上杉はとぼけた笑いを浮かべた。

「そうだ。喉《のど》渇《ちそう》いてないか？」

「なんかご馳走してくれるんですか」

「ああ、こっちだ」

上杉が連れて行ったのは自販機コーナーだった。

カップコーヒーをひとつ渡してくれた。

「まぁ、座れよ」

自分のコーヒーを手にした上杉は、掌《てのひら》でビニールベンチを指し示して座るように促した。

「えらい目に遭ったらしいな」

「そうですよ。日曜日一日で、五年は寿命が縮みましたよ」

土日に夏希の身に起きたさまざまな事件と、いま福島一課長から聞いた話を漏らさず詳しく上杉に話した。

「ふうん。その平塚って男もよくわからねぇヤツだな」

「なんでですか」

「だってそうだろう。最後に自分が死ぬつもりなら、復讐《ふくしゅう》目的でめんどくさい爆弾なんて作るかな？」

「わたしも同じことが不思議なんです」

「まぁ、犯罪者ってのは、こっちが予想もしないことをしでかしてくれるからな。爆発を見ることが快感で、それを見たいだけで爆弾作るヤツも珍しくはない」

「いままで接してきた事案の犯人たちも不可思議な行動をとることが多かったですね」

夏希は過去に出会った犯人たちを思い出していた。

「ところで、また織田が首突っ込んで来たんだってな」

笑い混じりの声で上杉は訊《き》いた。二人は東大の同級生で実は仲よしだ。

「はい、前線本部に来ました」

「元気だったか」

「ええ、いつも通りでした」

「おまえ、織田とはつきあわないのか？」

夏希は絶句して上杉の顔をまじまじと見つめた。

どこまでも真面目な顔つきである。しかし……。

「そんなこと本部のなかで訊かないでください」

夏希の抗議を上杉は無視して繰り返して訊いた。

「どうなんだよ？」

「いまのところ仲のいいお友だちってところです」

「ふうん……」

上杉はあいまいな表情でうなずいた。

「失敗続きの婚活はどうなったよ？」

通りかかった二人の若い女性警官が笑いをこらえて歩き去った。

「だからぁ」

「なに歯剝《む》き出してるんだ？」

「こんなところで大きな声で婚活とか言わないでくださいよ」

「で、どうなんだ？」

「実は土曜日のパーティーで出会った男性がいて……」

夏希は、今週の土曜日に脇坂安希斗とデートの約束をしてしまった話をした。

「ついうっかりＯＫしちゃったんですけど、なんか気が進まなくって」

「いいじゃないか。そいつはセレブなんだろ」

「どこか抜け目のない感じが好きじゃなくって」

「向こうから気に入ってくれてるもんを断らなくてもいいじゃないか。どだい、真田は恋愛下手な女なんだよ。自分から誰もゲットする力がないから婚活なんてしてんだろ？」

上杉はヘラヘラと笑った。

夏希はなんだかカチンときた。

「じゃあデートします」

腹立ち紛れに言ってしまった。

「実り多き土曜日となりますことを」

上杉は胸の前で十字を切った。ますます腹が立ってきた。

「ありがとうございます」

夏希は皮肉を込めて礼を言ったが、上杉は気づいてもいなかった。

「いつでも根岸に遊びに来いよ。またうまい店に連れてってやるからな」

「はい、そのうち」

「ああ待ってるぞ」

立ち上がると上杉はコーヒーの紙コップをぎゅっと潰《つぶ》してゴミ箱に捨てた。片手を上げて別れを告げると、マウンテンパーカーの背中は廊下の向こうに消えていった。

デートしていい雰囲気になってやるとも。夏希はこころの中で答えていた。

【2】@二〇一九年十二月二十一日(土)

土曜日、陽が西に傾くなか、夏希は戸塚駅東口の有隣堂戸塚モディ店正面の歩道に立っていた。あれから何度か断りのメッセージを入れようかとおもった。だが、上杉に啖《たん》呵《か》を切ったこともあり、予定を入れている脇坂を落胆させることになるので、夏希は結局ここに立っている。

気が進まない相手だといっても、あの日のわずかな時間だけの印象に過ぎない。もっと時間を掛ければ、脇坂のいいところもたくさん見えてくるかもしれない。人と人が仲よくなるのにはそれなりの時間を要するのだ。

織田は一目で気に入った珍しい相手だが、小川、加藤、石田、佐竹、小早川、上杉の誰もが最初は最悪の印象だった。事件の解決を経て仲よくなってきたのだ。

夏希は自分に言い聞かせて、今日のドライブに行くことに決めた。一度だけ《iコネクト》で正確な待ち合わせ時刻を十五時と決めた。

ドライブということもあって、少しは防寒対策をしてきている。

黒いロングスリーブのニットソー、アランニットのバルキーなセーターにバーバリーチェックのウールパンツのコーデに、いつぞや上杉にそそのかされて買った防水透湿素材のマウンテンパーカーを羽織ってきた。パウダーブルーのパーカーに合うコーデはなかなか選べない。

十五時三分前に旧東海道のガード下を東戸塚方向から真っ赤なアルファロメオが近づいて来た。ただのアルファロメオではなく車高が高い。どうやらSUVのようだ。

目立つ車だなと思っていたら、夏希の目の前ですっと停まった。

ささっと運転席から下りてきたのは、ほかならぬ脇坂安希斗だった。

脇坂は淡いグリーンとオレンジ、オフホワイトのコンビのネルシャツに、かるいダメージの入ったデニムを穿《は》いていた。足元はチロリアンシューズで固めている。アメカジ系としてまずは合格のコーデだった。

パーティーで会ったときよりも、いくらか幼く見える気がする。

「真田さん、こんにちは」

脇坂はほがらかな笑顔であいさつしてきた。

「こんにちは、寒いですね」

とりあえず気温の話くらいでしか答えられなかった。

「すみません、長く停まっていられない場所なんで、乗って頂けますか」

脇坂は助手席のドアを開けた。

「あ、はい、いま乗ります」

夏希はあわてて助手席から車内に乗り込んだ。

グレーのレザーシートのよい香りが匂った。

夏希がシートに滑り込んでベルトを締めると、脇坂もさっと運転席に戻った。

クルマは心地よいエキゾーストノートを残して西へと走り始めた。

「いいお天気でよかったです」

上機嫌の脇坂の声が響く。

「本当にきれいに晴れましたね」

ビルとビルの間の青空には、この時間になっても雲がほとんどなかった。

車内にはラップ系のＢＧＭが流れていた。

大きな音でかけられると夏希にとっては苦手な音楽と変わる。

「あの……お話をゆっくりしたいので、もう少し音量を……」

夏希は遠慮がちに頼んだ。

「あ、そうですね。すみません」

脇坂はいきなりＢＧＭを止めた。

かえって緊張してくる。

意外とエンジン音は静かだった。乗り心地もとてもよい。

「素敵なクルマですね」

とりあえず当たり障りのない話を振ってみる。

「アルファロメオ・ステルヴィオです」

「SUVなんですね」

「ええ、アルファロメオが初めて作ったSUVです。これはV6ツインターボ二・九リッターの最高級の『クアドリフォリオ』ってモデルなんですよ」

オモチャを自慢する子どものようで無邪気と言えば無邪気だが、いい大人の言葉としては耳障りに聞こえる。

「アウトドアとかお好きなんですか?」

「SUVに乗っているからですか? 僕はキャンプは好きではありません。ステルヴィオはまだ国内ではレアな存在ですし、事業家として押し出しが利くんで気に入ってます」

脇坂は鼻をうごめかした。

きっと高額なクルマなのだろう。

彼にとってはステータスシンボルかアクセサリーなのか。

いずれにしても、人生にとって大きな価値のあるものとは思えなかった。もっとも自営業主がファッションやクルマなどに押し出しがいい、つまり豊かそうに見えるものを選ばなければならないことはわかっていた。

時刻が中途半端なこともあって、国道一号線はそれほど混んでいなかった。ステルヴィオは順調に藤沢バイパスに入っていった。

「無理にお誘いしてよかった」

脇坂がおもしろそうな口調で言った。

「いえ……無理ということでは……」

夏希はいささかあわてて否定した。

「いやいやわかっています。あの《オーシャン・ミンクス》のパーティーのときも、あなたは僕に関心がなかった。《iコネクト》でメッセージをお送りしたときだって、乗り気ではなかったでしょ？」

「はぁ……まぁ……」

夏希は嘘が苦手である。

「でもね、そんなときこそ僕は押すんです」

「押す……」

「人生の成功はどんな場面でも、無理押しに押し通すことにしかないと考えています」

「そうでしょうか」

いささか乱暴な人生哲学である。

「安心できる道ばかり歩いていたら平凡な人生しか歩めない。幸福はどんどん遠ざかっていってしまいます。だからあえて崖《がけ》っぷちとか一本橋とかそんな危険な道を歩いて幸福へ近づこうと努力しています。投資というのは常に勝負の世界ですからね」

「なるほど……」

積極的な生き方はよい。だが、夏希には納得できる話ではなかった。

そもそも平凡と幸福は対峙《たいじ》する概念であるはずがない。

ステアリングを握っている脇坂はおそらく自分とそう変わらない年齢であるはずだ。

投資で成功しているのだから、知能指数はきわめて高いに違いない。船上パーティーでも建築物について深い造詣《ぞうけい》を持っていた。

しかし、知能の高さとは裏腹に精神の未熟さが目立つような気がする。

まわりの人間の中でいちばん幼いイメージのある小川にしたって、脇坂よりは大人なのではないか。

ステルヴィオは、新湘南バイパスを経て、茅ヶ崎のはずれで海に出た。

すっかりおなじみとなった国道一三四号線だ。

事件で何度この道を通ったかわからない。

織田との楽しかったドライブデートや、上杉との緊張した公務ドライブが思い出される。

わずかに六日前。今週の日曜日のことなのに、小川と腰越漁港に向かった鑑識バンのなかでの時間もなつかしく思い出された。

「真田さんのお仕事を伺ってもいいですか」

答えたくない質問が出たが、無視するわけにもいかない。

「地方公務員です」

「県ですか、どちらかの市町村ですか?」

「神奈川県です」

「どんな部署でお勤めですか?」

「心理関係の仕事をしています」

「臨床心理士さんですか」

「ま、それに近い仕事ですね」

そのつもりで入った県警だが、現実にはカウンセリングなどとはかけ離れた仕事の連続だ。

幸いにも脇坂はそれ以上突っ込んでこなかった。

「真田さんはどんな人生訓を持って生きていらっしゃるのですか」

脇坂は唐突に訊《き》いてきた。

「誰かの幸せのために何かができたらいいなと思っています」

「そんなよそゆきの答えじゃなくって、本音を教えて下さい」

「まったくの本音です」

一瞬、脇坂は夏希のほうをちらりと見た。

疑わしそうな顔つきをしている。

「まるでマザー・テレサですね」

どこか小馬鹿にしたような口調に夏希はムッとした。

「わたしはそんな聖人ではありません」

「僕からしたら、誰かのために生きるあなたは聖人にしか見えません」

今度は真面目な口調だった。

夏希はすでに家に帰りたくなってきた。

脇坂の話を聞けば聞くほど、こころが醒《さ》めてゆく。

やはり脇坂は自分とは異質な世界に住んでいる人間だ。

たとえば刑事たちだってそれぞれの正義感で靴をすり減らして歩きまわり、悲惨な死体に向き合い、犯罪者と対峙している。

織田のような官僚だって、マクロな視点から市民の幸せを願っているはずだ。

まわりの仕事仲間の皆が、どこかの誰かの幸せを願っていることには変わりはないのだ。

どこかの駅で降ろしてもらって、職場の仲間たちと居酒屋でビールでも酌み交わしたい。

夏希は真剣にそう思い始めていた。

デートでこんな里心が付いたらおしまいな気がする。

だが、さすがにそんなわがままを言い出す勇気はなかった。

夏希が無口になったせいか、脇坂は機嫌を取るように喋《しゃべ》り続けた。

だが、ほとんどが仕事で成功した自慢話で、夏希にとっては聞いているだけで苦痛な時間が続いた。夏希は今日のドライブをOKしたことをこころから悔いていた。

無情にもステルヴィオは、西湘《せいしょう》バイパスに入り相模湾を見おろす景観コースを西へ向かっている。

高架道路になってから左側の車窓に流れゆく景色は実に素晴らしかった。

沖合の水平線上には沈みゆく夕陽が黄金色に輝いている。

海面は青々とした冬場らしい海の色に染まっていた。

「どこで夕焼けを見るのですか」

「真鶴《まなづる》岬です」

「神奈川の端っこですよね？」

「いいえ、静岡県と接しているのは湯河原町《ゆがわらまち》です。真鶴町はひとつ小田原《おだわら》側ですね」

神奈川県警に勤めていながら、夏希はまだ県内の市町村地図がきちんと頭に入っていない。

そういえば、西湘地区の事案には一度も呼び出されたことがなかった。

西湘バイパスは終わり、ステルヴィオは石橋《いしばし》ICで国道一三五号線に入った。

いくらも経たないうちに真鶴駅前に来ると、ロータリーのところで直角に左折する県道に入った。スマホのマップで確かめると、真鶴岬はすぐそこである。

ステルヴィオは民宿や商店の続くくねくね道である真鶴半島公園線を進み、やがて照葉樹の森の中へと入っていった。ナビ板で真鶴岬へ向かっていることが確認できた。

ケープ真鶴という観光施設の駐車場に入ったのは十六時十五分くらいだった。

RC二階建ての地味な建物で、一階は喫茶や軽食を提供する施設や休憩所があるようだ。二階は真鶴町立遠藤貝類博物館との表示があった。「潮騒《しおさい》の足湯」という看板には驚かされたが、こんな場所に温泉が湧いているとは思えなかった。

施設は十六時で閉まるようで、駐車車両もわずかだった。

脇坂は駐車場左端のEV充電スポットの横にクルマを停めた。

「気持ちよさそうな場所ですね」

夏希は脇坂よりも先にクルマから下りた。脇坂と閉鎖空間に居続けるのが息苦しくなっていたのかもしれない。

潮の香りを乗せた風が、岬の方向から吹いてくる。

黄金色の夕陽が岬とは反対側の空低くに沈みかけていた。

あたりはシャンパンゴールドに染まっている。

「ここから二百メートルくらい下ったところが目的地です。三《み》ツ石《いし》という景勝地で日の出が有名ですが、夕焼けも見事なんです」

脇坂はしたり顔で言うと、先に立って歩き始めた。

建物の横から下る遊歩道は、真鶴見晴らし台という名のカフェを過ぎると、すぐに階

段となっていた。崖下《がけした》へ下りる勾配《こうばい》は急だったが、よく整備されていて石畳になってい
る。夏希のアウトドアシューズは過剰装備だった。
照葉樹のなかを大きく曲がって階段は海岸線へと下りてゆく。
急に潮の香りがつよく匂い、波音がはっきりと響いて来た。
林が切れてとつぜん目の前にブラッドオレンジのホリゾントがひろがった。
澄み切った濃いオレンジが神々《こうごう》しいばかりに光っている。
これが真鶴岬の夕焼けなのか。
「わぁ、きれいっ」
夏希は思わず叫び声を上げていた。
こんなに美しい夕焼けは久しぶりに見た。
眼下にはゆるやかなカーブを描く岩礁の海岸線が続いている。
左手に黒々と細く延びた岩礁の先に三ツ石があった。
直線部分を背にして三角定規を向かい合わせにした形で屹立《きつりつ》するふたつの岩と、その
間に鎮座する平たい岩を三ツ石と呼ぶのだろう。
染まる空を背景にした水面は穏やかにうねって蒼《あお》く沈んでいる。
遊歩道のかたわらには「かながわの景勝50選　真鶴岬と三ツ石」という石碑が設けて
あった。
「ね、悪くないでしょ」

脇坂の得意げな声が響いた。

「素敵な夕焼けです!」

さすがに夏希の声も弾んだ。

「海岸線まで下りてみましょう。三ツ石がずっと近く見えますよ」

しばらく下ると階段は尽きて、コンクリートを敷いた傾斜のない歩道が続いていた。

風景が百八十度ひろがって、目の前にゴロゴロと岩が突き出ている海岸線まで出た。

あたりには人影はなかった。

クリスマス前だからなのか、カップルの姿も見当たらなかった。

「素晴らしい夕焼けなのに、誰もいないなんて」

「あの三ツ石の真ん中から朝日が昇る時期には、夜明け頃にはカメラマンが殺到します。初日の出の時は一般観光客も押し寄せてごった返すそうです」

「いまの雰囲気だと信じられないくらいですね」

「でも、夕陽は直接見えないので、あまり人が来ません。でも、素晴らしい夕焼けでしょう?」

たしかにわざわざ見に来る価値はあると思った。

夏希は目の前で刻々と変化してゆく夕映えの色を、芝居の観客のような気持ちで楽しんだ。

大自然のドラマにうっとりと酔っていて気がゆるんでいた。

脇坂の底意に少しも気づかなかったのである。

いきなり背中から両肩に脇坂の手が掛けられた。

飛び上がるほどに驚いた。

いや、夏希は実際に飛び上がっていた。

「何をするんですかっ」

叫び声を上げても、脇坂は少しも動ずる気配がなかった。

「僕は真田さんが好きなんです」

脇坂は次の瞬間、左右の腕を腰のあたりに回してきた。

蛇が絡みつきでもしたような悪寒が背中に走った。

夏希は懸命にもがいた。

「失礼です。やめて下さい」

「好きなんだ」

あろうことか、脇坂は夏希の首元に唇を寄せようとした。

熱い息が首元に掛かる。

荒い息づかいが不快に響く。

夏希は背筋に発疹《はっしん》が出そうな気持ち悪さに襲われた。

「やめて」

「好きだと言っているだろ」

た。

「冗談はよしてよ」

夏希は脇坂の脇腹を肘《ひじ》で突き、足の甲を右足で思い切り踏みつけてじりじりとにじった。

どこかで習った護身術だった。初任科課程だったかもしれない。

「痛てててっ」

派手な声で脇坂は叫んだ。

脇坂がひるむ隙に、夏希は踵《きびす》を返した。

「なにをしやがるんだ」

脇坂が背後で怒鳴った。

夏希は振り向きもせず、遊歩道の入口へと必死で走った。

「待てよ。待てって言ってんだろ」

脇坂が大声を上げながら追い掛けてくる。

「ただじゃすまさないぞ」

夏希は階段を一段飛ばしで駆け上がった。

息が切れる。心臓が爆発しそうになる。

「待てーっ」

階段を駆け上ると、脇坂の声は聞こえなくなった。

油断はできない。声を出さずに追尾しているのかもしれない。

夏希は無我夢中でケープ真鶴の駐車場へと出た。

残念ながら人影はなかった。

誰かがいたなら、脇坂も無茶はやめるだろう。

夏希はあきらめて、真鶴半島公園線の車道を町の方向へと逃げた。

しばらく進むと、番場浦《ばんばうら》海岸という矢印の出た分岐点があった。

夏希は分岐を左へ折れて舗装道路の坂を下り始めた。

全速力で走ってゆくと、舗装されていないだだっ広い駐車場に出た。

駐車車両も人影も見当たらない。

(誰かいてくれればよかったのに……)

ここにも助けを求められる人はいなかった。

看板を見ると、この駐車場から潮騒遊歩道が始まり、さきほどの三ツ石まで続いているようだ。つまりさっきの遊歩道とつながって一周できるわけである。

だが、この秋の台風一九号の影響で番場浦海岸から先は通行止めとの掲示があった。

海岸へ下りていっても行き止まりになってしまう。

舗装道路を引き返す勇気はなかった。

レザーショルダーを持っていたことを夏希は神に感謝した。

財布もスマホも脇坂のクルマに残していたら面倒なことになっていた。

スマホで一一〇番通報をしようかと一瞬考えた。

だがしかし……。

通報したところで、「デートしてたら抱きつかれました」という通報を真に受ける警察官がいるとは思えなかった。

しかも夏希は警察官なのである。そんな恥ずかしい通報はできない。

夏希は左右を見回し、林へ足を踏み入れた。

葉がたくさん茂っている灌木《かんぼく》を見つけて陰に隠れた。

子どもだましのようだが、あたりは徐々に暗くなってきたので、簡単には見つからないだろう。

このまま脇坂があきらめて帰ってくれればいい。

夏希はひたすらに願った。

岬の岩場を砕く小さな波音と黒松の木々を揺らす松籟《しょうらい》の音が響くだけで、人工的な音は一切聞こえてこない。

そのとき静けさを破って、夏希のスマホが鳴動した。

画面には知らない携帯電話番号が表示されている。

夏希は迷った。

脇坂以外には考えられない。

（しっかり断って、お引き取り願おう）

夏希は意を決して電話に出た。

「すみません、あなたが美しいもので……」

やはり電話は脇坂だった。

憎らしいくらい冷静な声だった。

「さっきのようなことをなさる男性は、好きではありません」

激しい怒りを買わないように、言葉を選んで真意を伝えた。

「許して下さい。深く反省しています」

脇坂は哀訴に近い声を出した。

「今日はこのままお帰り下さい。わたしは電車で帰ります」

「駅までは遠いですよ」

「タクシーでも呼びますから、どうぞご心配なく」

夏希はそれだけ言うと、一方的に電話を切った。

これで脇坂はあきらめてくれるだろう。

とつぜん、夏希は頭から水をぶっかけられたような感覚に襲われた。

(なんで……なんで、この男は、わたしの携帯番号を知っているんだ……)

夏希は携帯番号の管理にはひと一倍気を遣っている。

かつて精神科医をしていたときに、元の同僚だった五つ歳下の男性看護師が患者にな
ったことがある。ところが、その看護師は夏希に恋をしてしまった。

学問的な用語ではないが、俗に言うナイチンゲール症候群である。看護師はストーカ

ー的な存在になり、夏希の携帯に一日何十回もメールを送り続けてきた。看護師が家族の都合で広島に引っ越してくれたおかげでストーカー的な行為は収まったが、あのまま過熱すれば警察沙汰《ざた》になっていたかもしれない。

それゆえ、携帯番号はごく一部の人間にしか教えていない。

（優香里が教えたのか）

そんなはずはない。あのとき優香里と脇坂の間にはほとんど接触はなかった。

（知っているはずがない）

どう考えても脇坂が夏希の電話番号を知っている理由が思いつかなかった。

頭の中で稲妻が光った。

（まさか……まさかと思うけど……）

たったひとつの可能性があるではないか。

「レッド・シューズ！」

夏希は思わず声を出してしまった。

日曜日、腰越漁港に行く前にレッド・シューズに携帯番号を教えた。

あのときは興奮状態で警戒する余裕もなかった。

その後の大事件で、番号を教えたことすら忘れていた。

夏希の膝《ひざ》は大きくガタガタと震え始めた。

こんな薄暗い林の奥でレッド・シューズに襲われたら……。

絶望という言葉がこれほどふさわしいシチュエーションもない。

あのとき一一〇通報をしなかったことを、夏希は心の底から後悔した。

(なに?)

第六感が働いたのか、夏希の全身はいきなりこわばった。

目の前に黒い影がぬっと現れた。

「きゃああっ」

夏希は絶叫した。

駐車場から見えにくい葉の茂った林の中なので、近づく脇坂に気づくのも遅れたのだ。

「幽霊じゃありません。僕ですよ。脇坂です」

二メートルほどの距離に立った脇坂は、平気の平左で名乗った。

「なんでこんなところまで逃げてきたんです?」

奇妙にやさしい声音を脇坂は出して訊《き》いた。

「脇坂さんが、まさか、あんなことをするなんて思わなかったから」

夏希は平静を装って答えようとしたが、舌がもつれて酔っ払いのような口調になった。

膝の震えは少しも収まってくれなかった。

「肩を抱いただけじゃないですか」

脇坂は悪びれるようすもない。

「失礼だと思います」

背筋に冷たい汗が噴き出た。

「僕は愛情表現をしただけです。それなのにあなたは僕の足を思い切り踏んづけた。まだひどく痛みますよ」

脇坂は鼻の先で笑いながら夏希を難詰した。

夏希は固まりそうな身体をなんとか動かそうとつとめた。

「わたし帰ります」

脇坂の身体の脇を夏希は通り過ぎようとした。

「どうしたんです？　待って下さい」

だが、夏希の左手首は脇坂によって摑《つか》まれてしまった。

「放してよっ」

夏希は金切り声を上げた。

力を込めて手を振りほどこうとしたが、無駄な努力だった。

脇坂の腕はがっしりと夏希の腕を摑んで離さない。

それでも夏希は左手に思い切り力を入れた。

努力は空しかった。手首が痛くなっただけのことに終わった。

「助けて。誰か助けてーっ」

無駄だとわかっているのに、夏希は大声を張り上げた。

脇坂は怪訝《けげん》な顔を見せた。

「なんでそんなに怖がるんだよ。可愛がってやろうと思ってるだけじゃないか」

脇坂の声の調子が急に変わった。

「誰か、お願い、誰かーっ」

夏希は声の限りにわめき続けた。

「変だぜ」

脇坂は口を尖《とが》らせて首を傾げた。

「まさかとは思うが……」

「なによ」

歯の根が合わなくなり、奥歯がカチカチと鳴る。

「あんた、余計なことに気づいたんじゃないだろうな」

脇坂の顔つきに凶暴なものが走った。

両目が吊《つ》り上がり、薄い唇が歪《ゆが》んでいる。

「な、なんのこと……」

夏希は歯を鳴らしながら答えた。

「いくらなんでもその怖がり方はふつうじゃないだろ」

脇坂の目がぎろりと光った。

「何を言ってるの」

かすれて声にならなかった。

眉間《みけん》に縦じわを寄せて、脇坂は夏希の顔を見据えた。

「やっぱり気づいちまったか」

声が出なかった。

「どうして気づいたんだよ？　あん？」

脇坂は険のある尖った声で訊いた。

夏希は声が出なかった。

「なんで気づいたかって訊いてるんだよっ」

激しい声で脇坂は問い詰めた。

「どうして……どうして携帯番号知ってるのよ……」

貼り付く舌を剝《は》がすようにして、夏希は言葉を発した。

「そうか、それだったのか」

脇坂は喉《のど》の奥で笑った。

「あんたの番号、聞いてなかったか」

「教えてない」

夏希はかすれる声で叫んだ。

「あんたがいなくなったんで、動転してつい掛けちまった」

開き直ったように脇坂は笑った。

「レッド・シューズはあなたよね」

夏希は言葉を叩《たた》きつけた。

「だったらどうする？」

含み笑いが不気味に響いた。

「自首してっ」

ほかに言うべき言葉が夏希には見つからなかった。

「そんなことできるわけがないだろ」

根っから馬鹿にしたような口調で脇坂は答えた。

「なんでわたしが、かもめ★百合だって知ってるの？」

もちろんこの男にそんな話をしたはずはない。

「あの船上パーティーの主催者に金握らせてな、あんたのプロフィールを聞き出したんだ。神奈川県警の警察官だってことだった。それで、筑波大学大学院修了の学歴と来りゃ、県警でただ一人の犯罪心理分析のプロかという推察はすぐできる。そしてあんたの声だ。日曜日にあれだけ話しゃわからないはずはないだろ」

脇坂はおもしろそうに答えた。

「ひどい話……」

個人情報をそんな形で漏らすなんて許されない話だ。夏希は主催者に対しても言いようのない怒りを覚えた。

「おまえが、かもめ★百合だって知ったから、余計に会いたくなったってわけさ」

脇坂という男の心理は夏希には理解できなかった。この男はボートを爆破して夏希を殺そうとしていたのだ。

「お願い、自首して」

「おまえバカか？　自首するくらいならあんなことしないだろうが」

脇坂はせせら笑った。

ほんの少しの油断が見えた。

夏希はありったけの力で脇坂の股間《こかん》を蹴《け》った。

「ぐおっ」

脇坂は短く叫ぶとよろめいて手を放した。

「なにをするんだっ」

姿勢を立て直すと、脇坂は夏希から二メートルほどの距離で両足を開いて立った。

脇坂はポケットからキャンプナイフを取り出してブレードを開いた。

「どうする気？」

「ここで死んでもらう」

脇坂は姿勢を低くしてナイフを前に突き出した。

このまま突っ込んでくれば、ブレードは夏希の胸に突き刺さる。

「助けてえええっ」

脇坂はいまにも突き進みそうに身構えた。

「死ねっ」

ナイフが残照にギラリと光った。

「いやぁーっ」

夏希は反射的に首をすくめた。

そのとき背後が急に明るくなった。

「うわっ」

真っ直ぐに届くつよい光に直撃された脇坂は姿勢を崩した。

「なんだっ」

脇坂は白い灯《あか》りから顔をそむけた。

夏希は半歩ほど飛び退いて背後を振り返った。

白く輝く光の中から、黒い影が姿勢を低くして真っ直ぐにこちらへ突き進んでくる。

（あれは？）

人間ではない。もっと小さな動物だ。

影は素早く脇坂に飛びかかった。

「おいっ、よせっ」

脇坂は両腕を無茶苦茶に振り回した。

（アリシア！）

夏希は我が目を疑った。

黒い影はアリシアだった。

「なにをしやがる」

アリシアは脇坂の右足を襲った。

「痛ててて っ」

ナイフを放り出して地面に転がった。

「がるるるっ」

アリシアは脇坂の上半身に乗って肩口に噛《か》みついた。

「ぐおっ」

脇坂は奇妙な声を上げた。

もうひとつの影が飛び出してきた。今度は人間だ。

「この野郎っ」

叫んで脇坂に襲いかかったのは小川だった。

小川がブーツを履いた右足で脇坂の脇腹を蹴り上げた。

「ぎゃあああっ」

脇坂は苦痛にのたうち回った。

「よしっ、アリシア、もういいぞ」

アリシアは、するっと脇坂の背中から抜け出た。

小川は脇坂の両腕を逆手にねじ上げた。

「痛えよっ。痛えって言ってんだろ」

脇坂は悲鳴を上げ続けた。

「上杉さんっ。早く手錠をっ」

光の中から背の高いがっちりした影が姿を現した。

上杉だ。

上杉が手錠を片手に脇坂に走り寄った
小川が組み伏せている脇坂の左手に手錠を掛けた。

冷たい音がガチャリと響いた。

「脇坂安希斗、暴行の現行犯で逮捕するっ」

上杉は高らかに宣言した。

「十七時七分っ」

小川が明るい声で叫んだ。

アリシアは一メートルほど横で、何ごともなかったかのようにきちんと座っている。

「真田、大丈夫か？」

のんきな口ぶりで上杉は訊《き》いた。

「おかげで大丈夫。かすり傷ひとつないです」

「そいつはよかった」

上杉は顔をほころばせた。

「馬鹿野郎っ、こいつめよくも真田をっ」

小川がどやしつけて、脇坂を無理矢理座らせた。

「くそっ……」

脇坂はがくりとうなだれた。

「上杉さんっ、小川くんっ」

夏希は二人に駆け寄っていった。

「だけど、どうしてここが……」

不思議でならなかった。

「今日、真田はこいつとデートするって俺に話したじゃないか」

さらっとした調子で上杉は笑った。

「上杉さん、火曜日から独自捜査してたんだ」

「そうなの？」

いつもながら意表を突くのが上杉という男だ。

「ああ、俺は暇だからな」

上杉はいつものようにとぼけた調子で答えた。

「で、今日の昼過ぎ、脇坂安希斗が平塚明広殺しと連続爆破事件のすべての犯人《ほし》だって摑《つか》んだってわけ」

小川はアリシアの背中を撫《な》でながら、どこか得意げに答えた。

「平塚さんは殺されたの……」

夏希には言葉がなかった。

「そうだ。マリブⅡに爆薬を仕掛けて、平塚を殺したのはこの野郎だ。証拠も見つけた。詳しい話が聞きたいか？」

「いまじゃなくていい……まだ心臓がドキドキしてるの」

「まぁ、そうだろうな。今度ゆっくり話す。この脇坂ってのはとんでもないタマだ」

上杉は身じろぎしない脇坂を見て吐き捨てた。

「俺もまだ詳しくは聞いてないんだ。ただ、家で寝っ転がってたら、アリシア連れて一緒に来いって動員が掛かったんだ」

「あなたたち知り合いだったの？」

夏希は驚いて訊いた。

「小川が新採用間もない頃に、いくつかの事件で一緒になったからな」

「その頃、上杉さん捜査二課の管理官してたんですよ」

「そうだ。それからひとつも出世してない」

上杉は苦笑いした。

「ねぇ、わたしのことつけてきたってわけ？」

「ああ、俺も小川も公休日で暇だったからな。舞岡のマンションからずっと尾行してきたんだ」

二人とも私服だった。

「もう、ストーカーっ」

夏希はふざけて叫んだ。

危機を脱したことですっかり気持ちが昂揚《こうよう》していた。

「おいおい、危ないところを助けてやったのにその言い草はないだろ」

上杉は眉《まゆ》を寄せて苦笑いを浮かべた。

「ごめん……ありがとう、二人とも」

夏希は深々と頭を下げた。

その姿勢を取ったせいか、膝《ひざ》から力が抜けてしまった。

夏希はよろめいた。

「ほんとに大丈夫かよ？」

上杉は心配そうに訊いた。

「大丈夫。安心しただけ……」

なんとか姿勢を立て直して夏希は答えた。

「アリシアがちゃんと守ってくれたからね」

小川は嬉《うれ》しそうな声を出した。

「小川くん、かっこよかったよ」

本音だった。脇坂に飛びかかっていった小川は凛々《りり》しかった。

「まぁ、ヒーローは上杉さんなんだけどね」

小川は先輩に手柄を譲っている。こういうところに可愛げがあると夏希は思った。

「でも、どうしてギリギリまで出てきてくれなかったの？」

あんなに怖い思いをしなくてもすんだのに。

夏希としては恨み言が出るのも無理はなかった。

「この野郎が尻尾《しっぽ》を出すのを待ってたのさ」

「わたし本当に死ぬかと思ったんだから……」

「疎明資料作って裁判所に行ってたら、いまごろ真田は、この真鶴の海に沈んでたはずだ」

上杉はおもしろそうに答えた。

「裁判所？」

意味がわからなかった。

「逮捕令状持ってないってことだよ」

小川ははしゃいでいる。

「まさか肩を抱いただけでは現行犯逮捕できんからな」

上杉の言葉に夏希は耳がかあっと熱くなった。

「見てたの？」

「ああ、真田のラブラブシーン、ゆっくり見せてもらったよ」

小川は笑い混じりに言った。

「やめてよ」

夏希が口を尖《とが》らせると、上杉は真面目な顔で言った。

「いちおう、この駐車場では暗視スコープ使って、ヤツのくるぶしに銃口向けてたよ。いざとなったら足の骨を砕くつもりでな」

そうだった。上杉は射撃の名人だったのだ。

「いざというときこいつは役に立ちますね。うちの装備に加えてほしいな」

小川はフラッシュライトを軽く振ってみた。

「そうだろ。俺はそいつがないと仕事にならない。支給品のライトは使えんから、自分で好きなものを買ってるんだ」

あの輝く明るさは、上杉私物のフラッシュライトがもたらしたのだ。

夏希の生命を救ってくれた光だった。

「まぁ、土壇場の勝負まで点灯できなかったけどね」

明るい声で小川は言った。

「二人とも陰に隠れてわたしを守ってくれてたんですね」

夏希は胸が熱くなった。

二人はまるでナイトではないか。

「だけど、やっぱり真田を助けるのはアリシアの役目だからな」

小川は照れたような声で答えた。

「そうね。わたしの恋人はアリシアだもん」

夏希はアリシアのあごや首、背中をやたらとなで回した。

アリシアは気持ちよさそうに、ふぅんと鼻を鳴らしている。

脇坂はずっと無言のままだった。

首をうなだれたまま、ほとんど動かなかった。

どういう心境なのか。

しかし、夏希にとってはいまはどうでもいいことだった。

凶悪犯は逮捕されたのだ。

「俺がこいつを引っ張ってくから、小川は真田を家まで送ってやれ」

「了解です。でもクルマはどうします？」

「脇坂のクルマ使って小田原署まで連れてって、この野郎をブタ箱にぶちこんでやる。おまえは俺の四駆で戸塚まで帰ればいいだろ。どうせケージ載せてきたんだ」

「あ、そうか」

「後で根岸まで持って来てくれればもっと助かる。電車で帰るから、根岸で一杯やろう」

「いいっすね。真田も飲みに行くか」

「ごめん……今日は無理」

「そうだな、また誘ってやるよ」

上杉は夏希の肩をぽんと叩《たた》いた。

「アリシア、帰ろうね」

あたりはすっかり闇に沈んでいた。

夏希は空を見上げた。

陽が沈んで間もないのに、深夜の舞岡よりもずっとたくさんの星が輝いていた。

【3】 @二〇一九年十二月二十二日（日）

翌日の夕刻、夏希は久しぶりに県警刑事部根岸分室を訪ねた。

ＪＲ根岸駅にほど近い上杉の流刑地である。

上杉の好きなバーボンと小川の好きなビールをザックに入れて運んできている。

二人のほかに加藤と石田も顔を出してくれることになっていた。

上杉が招集メールを送ったらしい。

夏希が顔を出すと、ほかの四人はすでに顔を揃えていた。

加藤と上杉がソファで対面になって飲んでいる。

小川と石田は隣り合ったデスクでグラスを手にしていた。

「俺は上杉さんがうらやましいよ。今回だって、平塚明広の元の雇い主ってことで脇坂安希斗の名前までは辿《たど》り着いたんだ。だが、あんたと違ってほかの事案で手いっぱいでそこから先に進む暇がなかった」

すでに加藤はある程度できあがっているようだった。オフホワイトのセーター姿の加藤はある意味で新鮮だった。

「じゃあ加藤さんも流刑になりゃいいんだ」

上杉は笑って加藤のグラスに日本酒を注いだ。

「あんたはキャリアだから流刑ですむよ。俺は処刑されちまう」

加藤は声を立てて笑った。

「こんばんはー」

夏希は明るい声であいさつした。

「おう、今回の立役者のご登場だ」

加藤がいささか呂律《ろれつ》の怪しい舌ではやし立てた。

「よう、来たか」

上杉も陽気な笑顔で迎えてくれた。

「ね、加藤さん、立役者って男優に使う言葉なんじゃないんですか？」

「カタいこと言わずに、まぁ飲めよ」

加藤はいきなり日本酒の四合瓶を目の前に突き出した。

「わたしワインが飲みたいな」

「贅沢《ぜいたく》言うんじゃねぇ。おい石田、姫さまに酒器をお持ちしろ」

「俺は加藤さんのパシリじゃないっすから」

「うるさい。姫さまをもてなして遣わせ」

「もう、しょうがないなぁ」

石田は一合くらい入るグラスを持って来た。

「さ、飲めっ」

そう言った直後、加藤はソファに崩れ落ちた。

いきなり高いびきをかいている。

すぐに轟音《ごうおん》がふたつになった。

上杉も寝入ってしまった。

「みんな何時から飲んでるの？」

夏希はあきれて石田たちに訊《き》いた。

「いや、俺と小川はさっき来たんですけどね。上杉さんと加藤さんは昨夜から飲んでるらしいっすよ」

「見てよ、あの酒瓶の量」

小川が指さす先に一升瓶が三本転がっていた。

「ウソ……三升以上じゃないの」

夏希は右の掌で唇を押さえた。

「しかし、いろいろとわかりにくい事案だったな」

小川が酒気を吐きながら言った。

「結局ね。脇坂はカジノ誘致に反対する気なんてなかったんですよ。あいつは爆破事件と誘拐事件でヨコハマ・ディベロップメントの社会的信用を落とし、株価を暴落させることが目的だったんです」

石田がしかつめらしい顔で説明を始めた。

「だって株が暴落したら、投資家は損するでしょ？」

「そりゃあふつうは……でもね、暴落することが最初からわかっていれば大もうけできるんですよ」

「え、どうして？」

「空売りって手口を使うんです」

「どんな仕組みなの？」

「たとえばここに真田心理カウンセリング株式会社の株があるとします」

「変なたとえ使わないでよ」

「ま、いいじゃないですか。とにかく真田株式会社の株が一株百円だとします。こいつを証券会社から買うんじゃなくて借りるんです。借りて百円で売ります」

「それからどうするの？」

「真田株式会社の社会的評価に傷がついて、一株九十円まで暴落したとしましょう」

「嫌なたとえね」

「ここで安くなった九十円の株を購入して、証券会社に返します。どうです？　差額の十円は利益となるじゃないですか」

「なるほど……」

「脇坂は時々空売りで商売をしていたんですが、今回の爆破・誘拐事件前にもヨコハマ・ディベロップメントの株を中堅証券会社から相当量、借り受けていたようです。数千万から億単位で儲《もう》けるつもりだったんじゃないんですかね」

「でも、留置場の中じゃ株の売買はできないものね」

「ええ、ヤツの身柄は小田原署から横浜拘置所に移されてますが、やきもきしてるんじゃないんですかね」

「まさか……自分の運命のほうを心配するでしょ」

「そうですね。でも、最初から利得犯と見抜いていた真田先輩の炯眼《けいがん》はさすがっすねぇ。佐竹管理官も舌巻いてましたよ」

「でも、石川さんを救えなかった」

「最初から救えなかったんだから仕方ないよ」

小川がなだめるように言った。

「金曜日の夜には亡くなってたんだよね」

「そう。平塚は金曜の晩に脇坂にそそのかされて石川を略取した。同時に盗み出したマリブⅡに監禁した。でもね、すぐに口論になって殺しちゃったんだよ」

「もともと石川憎しで犯行に手を染めた平塚だったけど、殺したことで脇坂に脅されて操り人形のようになってたんだ。爆弾の製造とレッド・シューズのメッセージや電話は脇坂が行った。だけど、設置や爆破はすべて平塚が行った」

「そうだったの?」

「脇坂は石川の死体の処分にも困ったし、最初から平塚は殺すつもりだった。そこで、すべての罪を平塚に着せるためにボートを爆破したってわけさ」

「そうだったの」

「本当にひどい男だね」

「ああ、胸くその悪い男だ」

「平塚さんは罪を犯したけど、どこかかわいそう」

「アルバムの話も先輩を罠《わな》に嵌《は》めるために、脇坂が描いた絵なんですよ」

「父親の娘に対する愛を、そんな形で利用するなんて……」

夏希は胸が詰まった。

「あのアルバムは証拠品として押収されてますね」

「船と一緒に海に沈まなくてよかったよ」

「ほんとだな」

小川もしんみりとした顔になった。

「ついでに言うと、真田先輩が参加した豪華客船のセレブ婚活パーティーに脇坂が参加したのも、山下埠頭《ふとう》の爆破や石川貞人の偽装誘拐のアリバイを作るためだったんすよ」

「なるほど、悪知恵の働く男ね」

「あの日のパーティーか？」

小川が気負い込んで訊いた。

「あれ、小川さん知らないんすか。真田先輩が横浜中のセレブたちから求愛されまくりだったって婚活パーティーですよ。プレゼントの山でバザーができるくらいだったって話じゃないですか」

「石田さん、見てきたような嘘つかないでよ」

夏希はあきれ声を出した。

「でも、そこで脇坂と知り合って昨日のドライブデートに進んだわけっすよね」

「そうだけど……断り切れなかったんだってば」

「真田、そんなのに出てんのか」

小川が懸念がありそうな声を出した。

「友だちに頼まれて仕方なく参加したのよ」

「小川さん、いまに真田先輩、断り切れなくて、セレブにかっさらわれますよ」

「なにバカこと言ってんの」

「言っときますけど、真田先輩が参加してた《横浜ベイ・エグゼクティブ・クルージング》ってのは参加資格が厳しいんですよ。学歴も資格も金もない俺たちは最初からお呼びじゃないですからね」

「俺はそんなもんに興味ないから」

小川はそっぽを向いた。

「ま、そうですよね。でも、身内から撃たれるってのもあるからなぁ」

石田は夏希の顔を見てにやにやと笑った。

「なんだよ？　それ？」

小川はきょとんとした顔で訊いた。

「まぁ、登場人物の名誉のために、ここでは秘密にしときましょう」

織田とのデートのことをほのめかしている。

石田はしばらくこのネタで遊ぶつもりだろう。まぁ、遊ばせておこうと夏希は思った。

「おい、石田、俺は奥歯にものが挟まったような物言いが嫌いなんだ」

小川の言葉を石田は無視して話題を変えた。

「ところで腹減ってきませんか？」

「そうねぇ、そろそろお腹空《す》いてきたね」

「俺、このあたりの店、ぜんぜん知らないんで、関内か石川町《いしかわちょう》辺りまで出ませんか」

「加藤さんと上杉さん、どうするんだよ？」

小川が口を尖《とが》らせた。

「起きたらまた飲み始めるでしょ。置き手紙書いときゃいいんですよ」

石田と小川というのも滅多にない組み合わせだ。

今夜はこの二人と飲むのも悪くない。

夏希は楽しい仲間に囲まれている、いまの自分をすごく幸せだと感じていた。

イブまであと二日。今年は、ここにいるみんなとクリスマスパーティーができたらいいなと夏希は思った。

だが、暮れの警察官は忙しい。今日は本当に珍しく一堂に会したのだ。

パーティーを開けるような時刻に再び集まるのは困難だろう。

外の通りからジョナス・ブラザーズが歌うクリスマスソングが流れてきた。

故郷函館とは違って横浜ではホワイトクリスマスは縁遠い。

でもちょっとでも雪が降って横浜をお化粧してくれたら……。

なんだかうきうきする夜だった。

本作品は、書き下ろしです。
本書はフィクションであり、登場する
人物・組織などすべて架空のものです。

脳《のう》科《か》学《がく》捜《そう》査《さ》官《かん》　真《さな》田《だ》夏《なつ》希《き》

ドラスティック・イエロー

鳴《なる》神《かみ》響《きょう》一《いち》

令和2年　1月25日　初版発行
令和5年　6月15日　4版発行

発行者●山下直久

発行●株式会社KADOKAWA
〒102-8177　東京都千代田区富士見2-13-3
電話　0570-002-301（ナビダイヤル）

角川文庫 21999

印刷所●株式会社KADOKAWA
製本所●株式会社KADOKAWA

表紙画●和田三造

●お問い合わせ
https://www.kadokawa.co.jp/（「お問い合わせ」へお進みください）
※内容によっては、お答えできない場合があります。
※サポートは日本国内のみとさせていただきます。
※Japanese text only

ISBN 978-4-04-109022-0　C0193

◆◇◇

角川文庫発刊に際して

角川源義

第二次世界大戦の敗北は、軍事力の敗北であった以上に、私たちの若い文化力の敗退であった。私たちの文化が戦争に対して如何に無力であり、単なるあだ花に過ぎなかったかを、私たちは身を以て体験し痛感した。西洋近代文化の摂取にとって、明治以後八十年の歳月は決して短かすぎたとは言えない。にもかかわらず、近代文化の伝統を確立し、自由な批判と柔軟な良識に富む文化層として自らを形成することに私たちは失敗して来た。そしてこれは、各層への文化の普及滲透を任務とする出版人の責任でもあった。

一九四五年以来、私たちは再び振出しに戻り、第一歩から踏み出すことを余儀なくされた。これは大きな不幸ではあるが、反面、これまでの混沌・未熟・歪曲の中にあった我が国の文化に秩序と確たる基礎を齎らすためには絶好の機会でもある。角川書店は、このような祖国の文化的危機にあたり、微力をも顧みず再建の礎石たるべき抱負と決意とをもって出発したが、ここに創立以来の念願を果すべく角川文庫を発刊する。これまで刊行されたあらゆる全集叢書文庫類の長所と短所とを検討し、古今東西の不朽の典籍を、良心的編集のもとに、廉価に、そして書架にふさわしい美本として、多くのひとびとに提供しようとする。しかし私たちは徒らに百科全書的な知識のジレッタントを作ることを目的とせず、あくまで祖国の文化に秩序と再建への道を示し、この文庫を角川書店の栄ある事業として、今後永久に継続発展せしめ、学芸と教養との殿堂として大成せんことを期したい。多くの読書子の愛情ある忠言と支持とによって、この希望と抱負とを完遂せしめられんことを願う。

一九四九年五月三日

角川文庫ベストセラー

脳科学捜査官 真田夏希
鳴神響一
神奈川県警初の心理職特別捜査官・真田夏希は、医師免許を持つ心理分析官。横浜のみなとみらい地区で発生した爆発事件に、編入された夏希は、そこで意外な相棒とコンビを組むことを命じられる——。

脳科学捜査官 真田夏希
イノセント・ブルー
鳴神響一
神奈川県警初の心理職特別捜査官の真田夏希は、友人から紹介された相手と江の島でのデートに向かっていた。だが、そこは、殺人事件現場となっていた。そして、夏希も捜査に駆り出されることになるが……。

脳科学捜査官 真田夏希
イミテーション・ホワイト
鳴神響一
神奈川県警初の心理職特別捜査官・真田夏希が招集された事件は、異様なものだった。会社員が殺害された後に、花火が打ち上げられたのだ。これは殺人予告なのか。夏希はSNSで被疑者と接触を試みるが——。

感傷の街角
大沢在昌
早川法律事務所に所属する失踪人調査のプロ佐久間公がボトル一本の報酬で引き受けた仕事は、かつて横浜で遊んでいた〝元少女〟を捜すことだった。著者23歳のデビューを飾った、青春ハードボイルド。

漂泊の街角
大沢在昌
佐久間公は芸能プロからの依頼で、失踪した17歳の新人タレントを追ううち、一匹狼のもめごと処理屋・岡江から奇妙な警告を受ける。大沢作品のなかでも屈指の人気を誇る佐久間公シリーズ第2弾。

角川文庫ベストセラー

六本木を1ダース　大沢在昌

日曜日の深夜0時近く。客人もまばらな六本木で私を呼び止めた女がいた。そして行きつけの店で酒を飲むうちに、どこかに置いてきた時間が苦く解きほぐされていく。六本木の夜から生まれた大人の恋愛小説集。

眠りの家　大沢在昌

学生時代からの友人潤木と吉沢は、千葉・外房で奇妙な円筒形の建物を発見し、釣人を装い調査を始めたが……表題作のほか、不朽の名作「ゆきどまりの女」を含む全六編を収録。短編ハードボイルドの金字塔。

一年分、冷えている　大沢在昌

人生には一杯の酒で語りつくせぬものなど何もない。それぞれの酒、それぞれの時間、そしてそれぞれの人生。街で、旅先で聞こえてくる大人の囁きをリリカルに綴ったとっておきの掌編小説集。

烙印の森　大沢在昌

私は犯罪現場専門のカメラマン。特に殺人現場にこだわるのは、〝フクロウ〟と呼ばれる殺人者に会うためだ。その姿を見た生存者はいない。何者かの襲撃を受けた私は、本当の目的を果たすため、戦いに臨む。

ウォームハート　コールドボディ　大沢在昌

ひき逃げに遭った長生太郎は死の淵から帰還した。実験台として全身の血液を新薬に置き換えられ「生きている死体」として蘇ったのだ。それでもなお、愛する女性を思う気持ちが太郎をさらなる危険に向かわせる。

角川文庫ベストセラー

B・D・T［掟の街］　大沢在昌

不法滞在外国人問題が深刻化する近未来東京、急増する身寄りのない混血児「ホープレス・チャイルド」が犯罪者となり無法地帯となった街で、失跡人を捜す私立探偵ヨヨギ・ケンの前に巨大な敵が立ちはだかる！

悪夢狩り　大沢在昌

未完成の生物兵器が過激派環境保護団体に奪取され、その一部がドラッグとして日本の若者に渡ってしまった。フリーの軍事顧問・牧原は、秘密裏に事態を収拾するべく当局に依頼され、調査を開始する。

未来形J　大沢在昌

その日、四人の人間がメッセージを受け取った。四人はイタズラかもしれないと思いながらも、指定された公園に集まった。そこでまた新たなメッセージが……差出人「J」とはいったい何者なのか？

秋に墓標を（上）（下）　大沢在昌

都会のしがらみから離れ、海辺の街で愛犬と静かな生活を送っていた松原龍。ある日、龍は浜辺で一人の見知らぬ女と出会う。しかしこの出会いが、龍の静かな生活を激変させた……！

ブラックチェンバー　大沢在昌

警視庁の河合は〈ブラックチェンバー〉と名乗る組織にスカウトされた。この組織は国際犯罪を取り締まり奪ったブラックマネーを資金源にしている。その河合たちの前に、人類を崩壊に導く犯罪計画が姿を現す。

角川文庫ベストセラー

最終兵器を追え
アルバイト・アイ

大沢在昌

伝説の武器商人モーリスの最後の商品、小型核兵器が行方不明に。都心に隠されたという核爆弾を探すために駆り出された冴木探偵事務所の隆と涼介は、東京に裁きの火を下そうとするテロリストと対決する！

生贄のマチ
特殊捜査班カルテット

大沢在昌

家族を何者かに惨殺された過去を持つタケルは、クチナワと名乗る車椅子の警視正からある極秘のチームに誘われ、組織の謀略渦巻くイベントに潜入する。孤独な潜入捜査班の葛藤と成長を描く、エンタメ巨編！

解放者
特殊捜査班カルテット2

大沢在昌

特殊捜査班が訪れた薬物依存症患者更生施設が、何者かに襲撃された。一方、警視正クチナワは若者を集めたゲリライベント「解放区」と、破壊工作を繰り返す一団に目をつける。捜査のうちに見えてきた黒幕とは？

十字架の王女
特殊捜査班カルテット3

大沢在昌

国際的組織を率いる藤堂と、暴力組織〝本社〟の銃撃戦に巻きこまれ、消息を絶ったカスミ。助からなかったのか、父の下で犯罪者として生きると決めたのか。行方を追う捜査班は、ある議定書の存在に行き着く。

標的はひとり 新装版

大沢在昌

かつて極秘機関に所属し、国家の指令で標的を消していた男、加瀬。心に傷を抱え組織を離脱した加瀬に来た〝最後〟の依頼は、一級のテロリスト・成毛を殺す事だった。緊張感溢れるハードボイルド・サスペンス。

角川文庫ベストセラー

眠たい奴ら　新装版　大沢在昌

破門寸前の経済やくざ高見は逃げ込んだ温泉街で警察嫌いの刑事月岡と出会う。同じ女に惚れた2人は、政治家、観光業者を巻き込む巨大宗教団体の跡目争いの渦中へ……はぐれ者コンビによる一気読みサスペンス。

冬の保安官　新装版　大沢在昌

ある過去を持ち、今は別荘地の保安管理人をする男。冬の静かな別荘で出会ったのは、拳銃を持った少女だった(表題作)。大沢人気シリーズの登場人物達が夢の共演を果たす「再会の街角」を含む極上の短編集。

らんぼう　新装版　大沢在昌

巨漢のウラと、小柄のイケの刑事コンビは、腕は立つがキレやすく素行不良、やくざのみならず署内でも恐れられている。だが、その傍若無人な捜査が、時に誰かを幸せに……？　笑いと涙の痛快刑事小説！

新装版　ジャングルの儀式　大沢在昌

ハワイから日本へ来た青年・桐生傀の目的は一つ、父を殺した花木達治への復讐。赤いジャガーを操る美女に導かれ花木を見つけた傀は、権力に守られた真の敵を知り、戦いという名のジャングルに身を投じる！

夏からの長い旅　新装版　大沢在昌

充実した仕事、付き合いたての恋人・久邇子との甘い逢瀬……工業デザイナー・木島の平和な日々は、放火事件を皮切りに、何者かによって壊され始めた。一体誰が、なぜ？　全ての鍵は、1枚の写真にあった。

角川文庫ベストセラー